Чоловік
з моїм іменем

Іван Байдак

Чоловік
з моїм іменем

повість

Харків

Vivat
ВИДАВНИЦТВО

2019

УДК 821.161.2
ББК 84(4Укр)
Б18

Серія *«Художня література»*

Дизайнер обкладинки *Віталій Котенджи*

Б18   **Байдак І.**
     Чоловік з моїм іменем : повість / Іван Байдак. – Х. :
     Віват, 2019. – 144 с. – (Серія «Художня література»,
     ISBN 978-966-942-826-4).

Родвелл Вільямс, інтроверт і книголюб, у букіністичній крамниці натрапляє на таємничі рукописи. І його життя переплітається із цією знахідкою. Він ітиме шляхами таємничого автора й водночас розплутуватиме плетиво свого минулого. Достоту він знає одне: ми всі змінюємося та з часом стаємо настільки іншими, що, якби зустрілися із собою колишніми, то навряд порозумілися б чи заговорили...

«Чоловік з моїм іменем» захоплює можливістю ввійти у світ самопізнання, світ, де перетинаються минуле і майбутнє, а найкраща подорож починається, щойно дістаєш шанс повернутися на початок шляху.

УДК 821.161.2
ББК 84(4Укр)

ISBN 978-966-942-826-4 (серія)
ISBN 978-966-942-044-2

Моєму татові

1.1

Останнім я продав будинок своїх батьків. Це заслуга (провина) активної роботи набридливого маклера, якому, вочевидь, дуже потрібно було отримати відсоток із продажу. Фінансової необхідності продавати помешкання в мене не було.

За останні три роки я близько сотні разів зустрічався з потенційними покупцями. Ті детально обходили усі куточки, неуважно слухали описи Тоні, ріелтора, однак дуже емоційно складали плани облаштування ділянки, розташування спальних кімнат, кольору стін і підбору меблів. Я мовчки спостерігав, як хтось розпочинав своє життя. Вони не задумувались, що продаж помешкання фактично означав, що чиєсь життя тут нещодавно закінчилося.

Юридичні клопоти доручили сімейному адвокату, від мене вимагалося лише підписати фінальний документ і надати банківські реквізити. Я, здавалося, позбувся потреби за дзвінка їздити на огляди́ни будинку, хоча водночас втратив вагому можливість підтримувати свою соціалізацію. Мені цікаво було дізнаватися історії людей, які за складного збігу обставин вносили у свої біографії локацію, що її цілком виправдано можна було б назвати спільною навіть за єдиного перетину наших сюжетів. Можливо, тому мені хотілося продати будинок людям творчих професій. Однак він був банкіром, а вона – адвокатом, тож згодом вони застосують один із прикладів сучасного мінімалізму й знищать залишки збереженого мною вінтажного інтер'єру.

Моїм єдиним особистим простором залишалася маленька двокімнатна квартира, яку я придбав із наміром глобальної життєвої мінімізації – там було все, що мені потрібно для сучасного побуту, та достатньо місця для речей з минулого, які я означив вартими зберігання.

Я кинув останній погляд на дім свого дитинства і завів мотор. Свої відчуття я можу порівняти лише з моментом, коли перегортаєш сторінку книжки й раптом розумієш, що вона остання, а ти надто прив'язався до історії.

1.2

Усе закінчується значно раніше. Ти називаєш речі своїми іменами, у тебе зникають сумніви в суспільних змовах, так само як і страх бути обдуреним. Ти спокійно реагуєш на більшість подій, знаходиш раціональність в алогічних законах. Усе, що тебе хвилює, – це закриті фінансові зобов'язання та необхідна норма зданої крові як седативний засіб власного альтруїзму. У тебе давно не було справжніх розмов – тих, де намагаєшся наполягти на своєму чи зрозуміти суть позиції співрозмовника. Радше – ти киваєш у відповідь, говориш, коли настає твоя черга, та волієш не знати зайвої інформації, яка б ускладнила сприйняття людей. Частіше – свідомо уникаєш її.

Відтепер ти – беземоційний споглядач. Виконуєш низку автоматичних завдань, що підтримують фізичну життєдіяльність, мінімально контактуєш з оточенням, а щоденний список справ, що мали б викликати якісь емоції, створює лише відчуття завершення. Причинно-наслідковий зв'язок дій давно відомий, сценарій передбачуваний, тому рівень інтересу послаблюється. Ти помічаєш, що частіше вдаєшся до спогадів, аніж до планів, а останні скасовуєш через звичний рівень комфорту, називаючи подібні винятки авантюрою. Із плином часу стає також важко впускати в життя нових людей, вводити в сюжет, пояснювати незрозумілі епізоди. Людей, які здатні розібратися самостійно, відчуваєш одразу. Простіше з тими, яким потрібен ти тепер. Таким, яким став, або таким, яким хочеш здаватися.

Дивна річ – спогади. Події, які пригадую, здаються наче не з мого життя, хоча я точно пам'ятаю, що вони відбувалися саме зі мною. Це відірвані від реальності епізоди, як уривки улюблених книг чи моменти фільмів, які запам'ятав настільки добре, наче став їх безпосереднім свідком. Ти знаходиш старі документи та листи. На них вказано твоє ім'я, чи то нотифікація публічної особи, з якою тебе асоціюють. Чоловік на раритетних чорно-білих фотографіях справді чимось тебе нагадує, хоча говорять, що у світі можна знайти до семи двійників. Деякі, здебільшого приємні, історії ти навмисно переказуєш, щоб не забути самому (при цьому використовуєш минулий час і розповідаєш немов про іншу особу). Коли говориш про себе в розрізі двадцятилітньої давності, то, гадаю, варто вживати третю форму.

Згодом ти усвідомиш, що проживаєш декілька життів і попередні можна було б приховати, якби не спогади чи матеріальні докази. Ми всі змінюємося та стаємо настільки іншими людьми, що, якби сіли навпроти нас колишніх, то навряд порозумілися б. Твій організм упродовж його біологічного функціонування дає притулок декільком особистостям. Вони мають спільну історію, але не мають нічого спільного за своєю суттю. Їх просто спіткала випадковість жити в одному тілі. Я знаю всіх своїх попередників, не тому, що вони мені близькі, – просто добре запам'ятав їхню історію.

1.3

Доречно буде розповісти про важливість у моєму житті щоденника. Хоча записник, який я завжди носив із собою у лівій внутрішній кишені піджака, слід, певно, називати за своєю функцією нотатником. Я часто перепрошував співрозмовників, витягав блокнот і старанно записував думки чи ідеї. Найближчі друзі мали при собі ручку – на випадок, якщо чорнило моєї закінчиться.

Нотатник, а не щоденник, бо ці записи не мали регулярності нотувань. Він не містив визначних дат чи нагадувань, я не виписував туди особисті переживання – лише детально описував певні епізоди з життя.

На момент написання цих рядків таких блокнотів – сімнадцять. Вони є певним маніфестом, хоча я не розглядаю їх як життєву хронологію, не аналізую події в часовій послідовності – я просто відкриваю випадкову сторінку та намагаюсь зрозуміти її.

Я знаю, що 8 липня 1975 року Родвелл прогулювався пірсом і скуштував морозиво у невеличкому сімейному кафе, що працює, за чиїмись твердженнями, з 1956 року. Морозиво було несмачним, але Родвеллу сподобалася атмосфера закладу, тому він провів у ньому півгодини. Я знаю, що за цей час він встиг помітити, що стрілка його годинника зупинилася, тож він може спізнитися на вечірнє читання поезій; що він приглянув за дівчатками-близнючками, поки мама купувала для них морозиво, а потім у тій же черзі примітив симпатичну білявку в бірюзовій сукні й наступні два дні не міг забути її погляду. Забув, бо, коли вирішив знайти її в натовпі, зауважив свій інтерес до інших красивих дівчат. Тоді ж усвідомив, що йому досить-таки характерно легко закохуватися.

Я часто намагався відтворити описані події: відвідував згадані міста, навіть одягав схожий одяг і перечитував книжки чи прослуховував композиції. Намагався пізнавати того хлопця, зрозуміти, чим він керувався у діях, про що думав і чи подобались йому його думки. Цього разу мої емоції були кардинально іншими, а записи в нотатнику – лише текстами. Тексти, утім, завжди були частиною мене. Спочатку я вважав, що записую ці короткі уривки, щоб хоч якось перед собою звітувати. Згодом це зійшлося в площині фіксації подій. Людська пам'ять працює на забуття. Але ти не забуваєш події, якщо записуєш їх. Крім того, жодна історія не жила в мені, як ця. Моя.

1.4

Сутність життя найкраще передає кардіограма, хвилясті стрибки серця – органа, що підтримує стан нашої життєдіяльності, – демонструють сумбур, непостійність, неконтрольованість життєвих перипетій, тому часто омріяна стабільність у цій графіці була би прямою лінією, тобто смертю. Таке розуміння змушує мене прийняти непередбачливість, а будь-які похибки вважати прогресом, розвитком, гарантією продовження.

Ці рядки я пишу з клініки психологічної допомоги. За офіційними даними, мені 65 років, мене звати Родвелл Вільямс, і моє тіло досі не демонструє ознак, за якими мене треба було б відсторонити від суспільства та призначити повноцінний курс лікування. Моє перебування тут – добровільне: це, радше, стороння підтримка та нагляд, аніж наслідки панічних атак. Відверто – я б гаяв час на круїзних лайнерах, але морська хвороба цього не дозволить. Тому я періодично проходжу лікарські тести й намагаюся переконати лікарів, що термін моєї депресії затягнувся настільки, що час би уже вважати цей стан нормальним.

Вихідні я проводжу вдома. Мені дозволено водити автомобіль. Алкоголь припустимий у дозованих кількостях. Я спілкуюся лише з незнайомцями, які не спроможні викликати в мене надмірні емоції, часто медитую, граю в шахи, слухаю інді-музику.

Суботнього ранку я ходжу в кінотеатр, обираю ранній сеанс, де крутять фільм із найнижчим рейтингом. Мене цікавлять не стрічки, а люди, які також відвідують ці сеанси.

Добровільно, як показує практика, такі події не обирає ніхто: присутні студенти, котрі отримують 90 % знижку на ці покази, або мандрівники, які таким чином гають час в очікуванні своїх рейсів.

Згаданий мною нотатник – єдиний зв'язок із реальним минулим, але оскільки я ототожнюю себе зі стороннім персонажем, героєм моїх записів, надто не переймаюся описаними подіями. До слова, я не впізнаю почерку: він надто різкий і холеричний, епізоди записані різними чорнилами. Наразі я використовую одне й старанно виводжу літери.

Відверто – цікаво бути об'єктом вивчення. Приховати правду перед собою не допомагає навіть жартівлива самоіронія чи стратегічне замовчування фактів. Я раніше, бувало, часто дозволяв собі робити підсумки певних етапів. Аналізував життя в площинах професійного успіху, загального розвитку та стану здоров'я, стосунків із друзями, фінансового балансу й комфорту моєї сім'ї. Бували навіть випадки, коли мені хотілося зупинити момент або якомога довше в ньому перебувати. Проте життя все одно тривало, змінювалося, руйнувалося – тож я знову брався його врівноважити.

1.5

Перший дзвінок пролунав, коли померли мої батьки. Мама пішла раніше – і ця подія стала шоком, однак пережилася легше, ніж смерть батька. На його смерть очікували, тому таке передчуття міцно вкоренилося в наші сімейні будні. Це була думка, яку ми обов'язково прокручували в голові, тема, яку ми регулярно обговорювали. Не кажучи про побутові зміни, які підготував його відхід.

Дзвінок стаціонарного телефона пролунав, коли я умивався вранці. Слухавку підняла дружина, але я знав, що телефонувати на домашній могла лише сусідка, яка провідувала батька (вона не опанувала сучасні засоби зв'язку).

Я довго не виходив із вбиральні, наче ця територія була непідвладна світу та його природнім циклам, і, доки я в ній перебуваю, доти факт повідомлення не відбувся, нічого не змінилося: мій тато живий, я одразу ж зателефоную йому, ми обговоримо останні новини. Але моя дружина міцно обійняла мене, щойно я вийшов.

Після того дня я став частіше помічати свою сивину, навіть вишукував, досліджував її. Мене довго не хвилювало старіння, – естетично старість здається привабливою, – та все ж тіло стало потребувати більше уваги: воно частіше підводило мене, давало збій, знищувало, а я втомився його контролювати.

– Ти не станеш винятком, – подумав я тоді.

Життя проходить у прогресії стрімкого накопичення, а згодом – поступового збуту. Матеріальні речі, часозатратні заняття з раціональних причин чи через фізичну неспроможність приділяти їм увагу йдуть у забуття. Я припинив заняття спортом, коли помітив, що наслідки тренувань приносили більше дискомфорту, закинув вивчення іноземних мов, коли більше їх не використовував. Зникають певні продукти з раціону, люди – із кола спілкування. Речі, які колись приносили мені радість, здаються речами, яких я тепер хочу позбутися.

Настає момент, коли ти хочеш мінімізувати свої енерговитрати: ти не так живеш, як виснажуєш свій організм, зношуєш його. Тому вимикаєш режим далекоглядності, живеш одним днем, не особливо переймаючись майбутнім, втрачаєш чутливість і співчуття, набуваєш байдужості та відстороненості.

Ти лімітований у контакті з людьми, неспроможний на компроміси, у тебе відсутнє бажання обговорювати речі, які у твоєму світогляді давно посіли свої місця. У різні періоди вони підвладні змінам: ти жонглюєш переконаннями, змінюєш ракурси та відкритий до прийняття нових точок зору. Можливо, ти самостійно шукаєш похибку у власних твердженнях. А проблема в тому, що ти намагаєшся знайти щось вічне у світі, що постійно змінюється.

1.6

Із ними також пішов Родді – славний хлопець, який відвідує творчі гуртки, займається плаванням, старанно виконує домашні завдання й допомагає мамі прибирати посуд опісля вечері. Батьки померли – і зникли безпосередні свідки життя Родді того періоду, про який я можу дізнатися лише з їхніх розповідей. Чомусь я вирішив вірити всьому, що вони говорили. Мене вражало, як батько міг розповідати про дні, коли я почав ходити чи вимовляти перші слова, так детально та емоційно, наче це відбулося вчора, і при цьому не міг достовірно пригадати теми моєї дисертації, якій я присвятив свідомі та зрілі сім років. Сподіваюся, не тому, що того хлопця він любив, а в цьому розчарувався.

Я особисто мало пам'ятаю з того періоду, навіть коли моя притомність була при мені, а пам'ять стала записувати персональний код. Дивно, як від створінь, що тільки вивчають здатності організму і заледве розібралися зі своїми інстинктами, вимагають якихось рішень та обґрунтування позицій.

Із того, що пригадую: я не надто надокучав батькам, старанно позував фотокамерам, одягався за погодою, і, лишень удаючи, що заснув, читав під ковдрою дорослі, як мені тоді здавалося, книжки. Останнє твердження написане з метою довести, що я бодай щось робив проти системи. У випадку покарання мене відправляли до моєї кімнати, – жахливі наслідки для інтроверта, погодьтеся, – тому інколи я навмисне порушував сімейний кодекс, а батьки, певна річ, розкусили мою хитрість. Загалом, так, я давав вигідні обом сторонам відповіді, погоджувався на запропоновані варіанти проведення часу й ненавидів вечірки з нагоди дня народження. Оскільки останні були нецікавими ще тоді, тому не варто згадувати про них сьогодні.

Коли вперше за довгий час я знову зайшов до кімнати, де провів дитинство, і деякий час розглядав подразники різноманітних спогадів, зловив себе на думці, що вони стосувалися не мене безпосередньо, а батьків, якими я їх запам'ятав. Щоб охарактеризувати їх, достатньо буде написати одне речення: батьки дали мені абсолютну свободу як підґрунтя, що я псуватиму собі життя, – і цим я, звісно, активно користувався.

2.1

Ми зупиняємо момент і наводимо об'єктив на Родвелла. Пропоную за ним поспостерігати: молодий худорлявий чоловік, який носить недбалий непрасований одяг, не стежить за чистотою взуття, при ході дивиться під ноги. У нього густе чорне волосся, різкі риси обличчя і звичка мружити очі, бо він категорично відмовляється носити окуляри.

Родвелл схильний бурмотіти собі під ніс, що збоку здається мантрою невдоволеності, хоча насправді, якщо існують абсолютно задоволені люди – то це якраз про нього. Він лише повторює думки, які не може у цю хвилину записати, але не хоче забути. Імовірно, він найпростіший житель цієї планети, котрий не надто звертає увагу на світ і не надто відкриває свій світ іншим. Звичайно, у вас можуть виникнути особисті асоціації, запевняю: певні враження таки з'являться в процесі знайомства з нашим героєм. Єдине – прошу повірити у правдивість мого опису.

2.2

Родвелл нещодавно закінчив вищу школу і взяв творчу паузу. Він не виявляв особливого інтересу до освіти загального спрямування, тому виконував необхідний мінімум і самостійно концентрувався на цікавих предметах. Разом із тим він переїхав від батьків, якщо точніше – поселився в літньому помешканні, яке їм належало і було розташоване за два квартали. До честі Родвелла, він самостійно облаштував та відремонтував новий дім, тому певну незалежність таки здобув, хоча досі отримував від батька фінансову підтримку. Батько любив Родвелла і цілком підтримував ідею його свободи. Із матір'ю стосунки ставали складнішими, вона була бездоганною мамою, до речі, просто вони не зійшлися як дорослі люди, як дві окремі особистості.

Із того моменту життя хлопця прогнозовано змінилося. Це було доволі стримане життя, тому я, мабуть, також дотримуватимуся схожого стилю письма. Хочу додати, що в час, про який ми зараз говоримо, люди писали листи, слухали вініл і надавали перевагу кінотеатру. Тому до того часу в мене особиста ностальгія.

2.3

«Рукописи» — назва букіністичної крамниці, куди влаштувався працювати молодий Родвелл. Назва не найкраща, але символічна, один із рукописів у майбутньому відіграє для хлопця важливу роль. Спочатку він працював на складі, буквально відчуваючи силу слова мозолями рук і болями у спині. Згодом, продемонструвавши взірцеву відповідальність і неабияку наснагу (ці та інші епітети було згадано в похвальній грамоті), Родвелл став консультантом, а з часом почав співпрацювати з постачальниками, налагодив логістику, організовував літературні вечори, аукціони, тому уявити книгарню без Родвелла в найближчій перспективі було неможливо. Його не підпускали лише до кавової машинки, бо це закінчувалося легкими опіками пальців.

Родвеллу подобалося працювати, і роботу старанного працівника помічали та заохочували. Він не лише найкраще рекомендує книги, але й проводить розмови зі складними клієнтами. При цьому лише йому відомо, наскільки це важко дається (він неохоче йде на контакт, але завдяки цим вимушеним зіткненням навчився спілкуватися з людьми, що надалі стало йому в пригоді).

Йому насправді була до вподоби лише непомітна загалу частина роботи — та, що жила в його голові і найбільше його втішала, хоч і не належала до переліку безпосередніх обов'язків. Він вивчав кожного клієнта: спочатку спостерігав за ним і книжками, які той переглядає, потім — за одягом і манерою поведінки пробував передбачити рід заняття й сферу зацікавлень, і в результаті підібрати потрібну книжку.

Потрібну в *конкретний момент* книжку – отже, він часто розпочинав із маленьких розмов, а люди охоче розповідали про свої справи. Такт і ввічливість Родвелла схиляли їх до цього. Зрештою, він пам'ятав більшість клієнтів, тому зазвичай вгадував із рекомендаціями.

Читання – це інтимний, абсолютно відокремлений від усього матеріального, реалістичного та гріховного процес, особиста розмова з голосом, що може підтвердити чи спростувати припущення, текстуалізувати заборонені думки, дати підказки та спрямувати, – і при цьому діалог залишається між вами: у таємниці, у клятві, яку ніколи не буде порушено.

Йому було цікаво аналізувати, як може вплинути кожна книжка на світогляд людини, чи склалися ідеальні обставини для прочитання саме цієї історії, скільки часу знадобиться читачу для її прочитання, чи він робитиме нотатки на полях, чи обговорить її з друзями, яке місце свого житла виділить для зберігання книжки.

Він не розмовляв із клієнтами про книги, не розпитував про враження, але радів їхньому поверненню, бо гра асоціацій знову ставала актуальною. Його дратували лише діти-підлітки, які створювали безлад на полицях і хаос у читальних залах. Тоді він хотів порадити їм «Лоліту» Набокова, бо там йдеться про дівчинку приблизно їхнього віку, але, на жаль, жодного разу цього не зробив.

2.4

Сам Роджелл теж дотримується особливої специфіки читання. Він навмисно приховує бодай найменші натяки на авторську приналежність, тому залишає обкладинки, таким чином перетворюючи читання в безсереднє сприйняття тексту, позбавлене кліше та упереджень. Письменники створюють нові форми, — але у випадку із відомими авторами навіть невдалі конструкції стають принятними. Йому подобається аналізувати.

Роджелл не знає, чи колись прочитає два тексти одного автора, хоча, звичайно, помічає схожість стилів, на противагу — також помічає схожість думок, описаних різними стилями.

Пізніше він почне читати ті самі книги різними мовами, вивчатиме адаптованість мовних конструкцій, порівнюватиме сумарну кількість слів у перекладах та оригіналі. Це заняття цілком поглине його. Але наразі годі, варто згадати й інші аспекти життя Роджелла. Відверто — це досить-таки складне завдання. Робота справді забирає більшість його часу, але ми зробимо цю спробу і, напевно, невдалу спробу.

2.5

Варто було б згадати, що він живе у портовому містечку, тому розважається тим, що дає туристам хибні координати, скеровуючи до значно привабливіших місць, ніж ті, куди вони спочатку прямували; спостерігає, як заходять у порт вантажні кораблі, як робочі розвантажують продукти, як кохані прощаються з моряками, а моряки співають рибальських пісень. Ця циклічність приваблює його, а ще факт, що все йде за графіком, без сліпанень і поспіху (навіть дрібні похибки здаються продуманими, тому в цьому присутня поезія та проза водночас).

Родвели любить кататися на велосипеді, пускати на пляжі повітряного змія, ніколи вигулює собаку тата. До речі, так, він вечеряє у батьків, і це – його єдиний справжній прийом їжі, а не розігріті напівфабрикати чи вуличний харч.

У Родвелла небагато друзів (та й ті здебільшого схожі на нього, тож їхні зустрічі здаються зібраннями людей, котрі думають про своє, перебуваючи в одному приміщенні).

Іноді слухають платівки, іноді – переглядають короткий метр, іноді – вигадують історії свого сексуального досвіду.

2.6

Якщо збоку здається, що його життя — це просто очіку-
вання, коли він знову правомірно, не порушуючи феде-
ральних законів про працю, зможе відчинити двері кни-
гарні та почати новий робочий день, то ви цілком має-
те рацію. Однак одну історію варто виокремити, бо вона
має особистий характер.

Це було надзвичайно спекотне літо. Хлопець важко
переносив високі температури, тому особливих сподівань
на новий червень у нього не було. Однак без скорпіонів
не обійшлося. І вони отримали назву «Анна». Ім'я Анна
асоціюється зі спокоєм, грацією, милосердям — це те, що
розповіли дівчині Родверл при знайомстві. Слід зауважи-
ти, що йому на той момент було близько двадцяти, тому
збудження виникало за найневрунчніших обставин, у най-
непотрібніших ситуаціях — і його важко було приховати.
Проте Анна оцінила це, і, здавалося, була готова на ми-
лість. Того вечора взяла книжку Шодерло де Лакло, на-
голосивши на його небезпечних зв'язках.

Наступні два місяці вона регулярно заходила до хлоп-
ця в «Рукописи»: він радив їй книги, вона читала їх, зго-
дом вони стали їх обговорювати. Родверл вперше пору-
шив своє правило, та, оскільки обговорення відбувалося
в нього вдома, він принняв це. Направду — поруч з Ан-
ною не могло бути табу.

Вона прочитала більше книг, але він краще ніж в них роз-
бирався. Ставав дуже емоційним, коли аналізував їх. Роз-

мовляв про різні настрої творів, про манеру написання, котра не завжди пасує тематиці чи сюжету. Розповідав, що його друкують хороші думки, які не вдалося передати добрими словами, а ще більше – гарні комбінації слів без сильної внутрішньої думки.

Анна не завжди розуміла його, але його емоції заводили її.

– Дай свою руку, – попросила вона в один із таких моментів. Коротко розповіла про захоплення хіромантією, взялася ворожити по його руці, хоча дуже швидко перейшла до інших частин тіла, і, направду, тек була ближка до істини.

Дні тепер минали швидше. Він намагався раніше закінчувати справи, щоб довше насолоджуватися Анною. Вони далі читали книжки, кохалися, приймали ванну, курили цигарки – і в цих заняттях було стільки творчості, що він пообіцяв її колись увіковічнити їхню історію новелою. Дні ставали менш продуктивними, але більш змістовними. Мені хочеться написати, що повітря пахло терпкістю, яка настає після дощу. Опадів того літа було небагато, але саме так почувався Роберт.

Ким була Анна? Він ніколи не запитував її про це. Він навіть не запитував себе, чому його це не цікавить. Можливо, він був надто сконцентрований на її вдоволенні, можливо, його цілком влаштовував образ, який вдалося сконструювати зі спостережень і здогадок.

Анна була натурницею. Вона люб'язно подiлилася цiєю iнформацiєю, коли вiн нарешті запитав. Таке зiзнання його

спантеличило. Звісно, його спочатку потішив той факт, що десятки очей поїдають її тіло, та лише він може ним володіти. Звісно, лише вона обирала, з ким ним ділитися. Але йому ставало некомфортно, щойно він уявляв, як, перш ніж прийти до нього, переповісти останній епізод Сартра, що його вона на той момент читала, а потім поспішно скидати з себе одяг у пориві збудження, вона так само без зайвих роздумів і сумнівів роздягається й оголеною позує для студентів художньої школи, які приїхали сюди на літні практики.

Що вона відчувала при цьому? Анна не давала йому відповіді, скоріш за все, не мала її для себе. Він не порушував питання легковажності, несерйозного ставлення до свого тіла. Вони сходилися у площині універсальності мистецтва. Він його розумів, приймав, заохочував, хоч у той момент йому, звісно, більше сподобалося б, якби його дівчина була, скажімо, флористкою, кондитеркою, ілюстраторкою чи продавчинею у супермаркеті.

Знаючи Родвелла досконало, можу сказати, що еротику він знаходив у всьому.

2.7

У нас не буде змоги проаналізувати почуття Родвелла. Що він відчував: образу, протест, заперечення? Анна покинула місто за тиждень опісля зізнання, тому будь-які почуття все одно сенсу не мали жодного.

Вона просила не засмучуватися, запевнивши, що його чекає чимало гарних історій. Не знаю, чим би все завершилося, якби він не пообіцяв і не мав звички дотримуватися обіцяного. А можливо, він сам передбачав своє грайливе майбутнє, тому справді довго не засмучувався. Цікаво, чи Анна побачила це на лініях його руки.

2.8

Кажуть, якщо кардинально змінити розпорядок життя, нові звички настільки шокують тіло, що йому здається, наче ним керує новий господар, тому й краще підкоряється. Цей прийом часто використовують у психології, щоб вилікувати різні депресивні синдроми.

Психічний стан Родвелла був, звісно, пригніченим, але стабільно безпечним. Утім, нові речі таки вкоренилися в його існування. Родвелл став надавати більше уваги своєму зовнішньому вигляду. І якщо процес гоління був радше вимушеним, то вкладання волосся й прасування одягу стали цілком свідомими заняттями. Родвелл почав подобатися собі й від того почувався краще. Він став їсти більше фруктів, достеменно відраховувати три літри води, які зобов'язався споживати щоденно, регулярно проводив тижневе прибирання дому, а також близько двадцяти разів на день мив руки. Останнє, скоріше, підриває віру в його здоровий глузд.

Це все стосується фізичних ознак, що їх я ніяк не збираюся охарактеризувати, – просто відзначаю факт змін. Родвелл – цікавий персонаж. Я симпатизую йому, і не тільки тому, що ми пов'язані давніми дружніми стосунками, – я несу відповідальність за деякі його вчинки. Родвелл активно навчається. Він симптоматично мусить дізнатися бодай один абзац нової інформації за добу, це заспокоює його сумління. Здебільшого йдеться про теми книжок або мов. Варто наголосити: його світоглядна позиція ще не сформована, він не порушував жодних вагомих питань, він непогано інтелектуально освічений, та йому бракує життєвого досвіду. Він живе так, як вважає правильним, а в майбутньому переконається, що може довіряти своїй інтуїції, адже часто прислухатиметься до неї. Родвелла підхопив стрімкий вихор життя, який відволікає його від думок про глобальне, хоча вони все одно час від часу не дають йому заснути.

3.1

Коли зобразити життя лінією, яка ділиться в потребі розмежувати саме життя відповідно до часових циклів чи періодів, що змінюються обставинами, то найвагомішим буде саме перетин декількох ліній, момент, котрий визначає усі наступні, підв'язує їх в одне ціле й прив'язує тебе до його формального виконання. І зараз ітиметься саме про такий момент.

Це теж був один зі спекотних, а отже, не надто приємних літніх днів. Але історія стверджує, що саме в такі дні на Родвелла чекали вагомі зустрічі. Він, звичайно, їх не очікував, не готувався, як заведено робити в таких випадках, але палюче сонце максимально розслабляло, тож він, як мінімум, не міг щось зіпсувати зайвим хвилюванням.

Усе сталося, як мало статися. Не з його волі, але не без його безпосередньої участі.

Чоловік, який багато в чому вплинув на його подальшу долю, увійшов до книгарні й відразу викликав подив і співчуття. Костюм, зшитий із доволі грубого матеріалу, навряд сприяв комфортному перебуванню того, хто мав нещастя його одягнути. Найпевніше, чоловік приїхав до міста першим рейсом, і прохолодне ранкове повітря схиляло саме до такого вибору. Родвелл досі пам'ятає ту зустріч: не лише завдяки природній особливості запам'ятовувати більшість подій – згадану подію він записав.

Найперше незнайомець попросив води і випив дві великі склянки, потім гуляв залами й періодично просив допомоги консультанта. Родвелл голосно відповідав, сидячи біля касового апарата й не вважаючи за необхідне супроводжувати клієнта в його пошуках. На деякий час той замовк, регулярно покашлюючи і перебираючи книжки на полиці, а потім підійшов до Родвелла з добрим десятком книг.

Достеменно невідомо, як саме у них зав'язалася розмова. Імовірно, чоловік вирішив перечекати в книгарні до відправлення потяга. Він почав щось запитувати, Родвелл ліниво відповідав, не надаючи особливого значення своїм відповідям. Та декілька його влучних реплік, вдалих відгуків і коментарів викликали взаємний інтерес – і вони непомітно для себе вв'язалися у справжню суперечку, міні-конфлікт, дискусію двох фахівців. Теми були дискусійними, фрази – сміливими, отже, градус розмови підвищувався. І лише наступний клієнт, який, перервавши яскравий порив двох, не знаючи напевно, чи заходити в книгарню, чи пройти повз, нагадав першому про потяг, а другому – про професійний етикет. Родвелл зробив знижку і спакував книги. Незнайомець чемно подякував, попросив у Родвелла візитівку й чемно попрощався.

За тиждень надійшов лист, у якому повідомлялося про надання Родвеллу стипендії на навчання, а незнайомець виявився професором кафедри літератури університету міста Сіетл. Професор Райян Моран повторно подякував за «розмову в книгарні», потрактувавши її як вступні іспити, і схвильовано висловив сподівання на плідну співпрацю.

Доля знову посміхнулася Родвеллу. Усе складалося не лише добре – усе складалося просто й не потребувало надзусиль.

Наступні кілька років Родвелл сумлінно виконував умови стипендії, поєднуючи навчання із веденням доволі типового студентського життя, сповненого вечірок, невдалих спроб зав'язати стабільні стосунки, безцільного марнування часу та цілеспрямованого знищення організму. Пропоную не зупинятися на цьому періоді: він, можливо, цікавий загалу, але абсолютно неспроможний охарактеризувати Родвелла. Погодьтеся, інколи коротка оповідь здається значно кращою ідеєю, аніж необґрунтоване занурення, тож ми плавно підійдемо до моменту, де акценти якраз-таки треба розставити. Варто зауважити, що тексти ще більше вкоренилися в його життя. І хоча це не завжди йому подобалося (колись він навіть докладе чимало зусиль, щоб цього позбутися), але цих потуг ніколи не буде достатньо.

3.2

Родвелл цілком прогнозовано взявся за написання дисертації. Темою дослідження стало емоційне нашарування тексту. Родвелл вивчав настрій твору, створював імідж автора, робив різні припущення щодо його темпераменту, звичок, психічного стану, передбачав сферу сторонніх занять, їхнього впливу на письмо, а ще пробував дослідити період, у якому безпосередньо існував письменник. Кажуть, у психології є такий метод встановлення діагнозу, коли пацієнту пропонують написати короткий уривок на певну тему, і на основі текстових характеристик визначають характер проблеми й призначають лікування. До останнього Родвеллу, очевидно, ще було далеко.

Контроль і дисципліна – так коротко можна було б описати наступні три роки його життя. Він прокидався рано й одразу брався за роботу, писав голодним (однією з причин було переконання, ніби стан голоду краще сприяє процесу). Чергував роботу з легкими фізичними навантаженнями та спостереженнями за людьми з четвертого поверху свого помешкання. Пив багато кави, часто прибирав квартиру, хоч не любив цього робити, але виявив у себе алергію на пил. Дисципліною назвати можна лише виконання плану роботи: він дотримувався поставленої за мету кількості написаних слів.

Саме писання скидалося на хаотичну постановку драматичної вистави. Він працював неспокійно, його холерична натура змушувала тіло ходити по кімнаті та постійно відволікатися на найменші подразники. Він так само нервово черкав якісь записи впродовж нетривалих хвилин, коли йому все ж вдавалося опанувати себе. Зрештою, Родвелл якось спромігся зорганізуватися. Цікаво, що таким він був лише під час написання наукової роботи, – у повсякденні ви б не знайшли більш врівноваженого чоловіка, ніж Родвелл.

У той період у його житті також з'явився біг (це дуже добре відволікало). Окрім обов'язкової кількості слів, він пробігав визначену кількість кілометрів. Із порту він перейшов на залізничний вокзал, тобто став спостерігати за пересуваннями поїздів, до хвилини вивчав розклад сполучень. Рух посідав важливе місце в його світогляді. Рух як метафора, а не долання відстаней, як прогрес роботи, необхідність прогресу. Він часто повторював собі, що головне – постійно продовжувати працювати. Бо геній не доведе свого хисту без матеріалу й завжди поступатиметься старанному та систематичному, хоча й менш талановитому опоненту.

Родвелл не приписував собі жодних епітетів. Він себе не хвалив, та часом припиняв критикувати й системно продовжував свій рух.

3.3

Усе вщент руйнувалося, коли наставала сьома вечора. Тоді наче падала ширма, актори відступали від тексту, суворі правила переставали функціонувати, надаючи повну свободу дій. Родвелл замітав сліди чергового насиченого дня – прибирав приміщення від розкиданих аркушів паперу і робив мінімальні нотатки. «Важливо було пам'ятати, на чому закінчив роботу, – тоді простіше буде розпочати її наступного ранку!» – так заповідав свого часу ще дядько Гем. А потім, звісно ж, забував про тексти, про ранок, про те, ким він був і що обіцяв собі та іншим.

Щовечора він перевтілювався в новий образ, приміряючи костюми згідно з традиціями вбрання певного періоду, старших генерацій чи цікавих йому національностей. Він приділяв чимало уваги своєму гардеробу, а ще запустив довгу бороду, став курити дорогі сигарети та з інсценізованою театральністю проводив свої безтурботні вечори.

Легкість і грайливість – так варто описати його стосунки з життям у ті короткі сутінкові години. Він обходив за вечір кілька кафе, слухав джаз, випивав незліченну кількість вина, багато спілкувався з жінками, а таку кількість завуальованого інтиму, зрозуміло, складно було вмістити в рамки безтурботного спілкування й сприймати без вина, цигарок і танців. Родвелл брав участь у поетичних читаннях: він не був талановитим, але був розумним, тому вміло комбінував слова в правильній послідовності. Це й подобалося аудиторії. Публічні дискусії, театральні прем'єри, художні вистави – не було події, яку Родвелл пропустив би й де він не був би головною зіркою.

Його ставлення до себе не змінилося: він залишався дуже вимогливим, але в стосунках із людьми з'явилося чимало улесливості, удаваного, однак не підозрілого, інтересу. Як це може не подобатися іншим? Як іншим міг не подобатися саме такий Родвелл?

Відверто – часто він переступав межу. Ба більше: якщо існують рейтинги суспільних патологій, то Родвелл очолює чимало списків. Він у всьому обмежував себе, щоб ввечері так розважитися. У моменти, коли хміль особливо туманив розум, Родвелл брався платити за цих усіх жінок, що не завжди оцінювали його великодушність, зате радо користувалися люб'язністю. Для нього це закінчувалось сухим пайком, краденими на ринках фруктами або взагалі триденним голодуванням. Як бачимо, раціональність у ставленні до свого тіла у Родвелла тривала недовго, хоча він не переймався останнім. Серйозно він ставився лише до роботи, через що доволі часто страждали жінки, які з різних оманливих причин дозволяли собі повірити в більше. Але наскільки спокійно він міг вийти з трамваю, навіть сівши на попередній зупинці, без зрозумілої стороннім причини, не зважаючи на осудливі погляди, але не зобов'язаний їм виправданнями, так само він міг вийти зі стосунків. Також без потреби пояснень, бо, зрештою, донести свої аргументи вдавалося не завжди. Навіть коли вдавалося – їх не розуміли, частіше – відмовлялися розуміти.

3.4

Він не вів подвійного життя – це були два окремі взаємо-доповнені життя: одне допомагало провадити інше, три-мати баланс. Він не замислювався про їхню несумісність, не апелював до істини одного, не заперечував вагомості іншого, не надавав перевагу жодному. Єдине – він уже тоді згадував Родвелла колишнього як гіршу версію себе, або Родвелла сучасного як кращу, довершенішу версію, що пройшла певні етапи еволюції, бо Родвелл 2.0. був від-критим до світу, сприймав його в усіх формах та якостях, інколи висував свої умови.

А от що йому не подобалося – коли світ намагався узагальнити його, визначити, класифікувати поруч з усі-ма суперечними поглядами й різноманітними теоріями. Його збивала з пантелику періодична потреба заповню-вати різноманітні анкети, у яких просили вказати свій вік і фізичні дані. Будь ласка, арифметика його старіння все одно ставатиме неактуальною щороку, так само як і вага тіла, що не задовольняла його й через це ризикувала теж залишитися недостовірною.

Він змирився із потребою надавати номер свого теле-фону. Це було зручно: він міг сам обирати, на чиї дзвінки відповідати. Але завжди писав неточну адресу (це лама-ло норми його розуміння особистого простору).

Чому існує варіативність вибору в графі «сімейний ста-тус»? Людина завжди одна, тобто вільна, попри будь-які форми взаємодії з іншими. Так, він прийняв своє ім'я, формально він міг змінити і його, але те надто зжилося з ним, навіть подобалося.

То ким він був, цей чоловік, який стоїть над анкетою, подаючи заявку на отримання водійських прав, який створює напругу та роздратування серед людей, що очікують в черзі за ним, який молодший за мене на тридцять років і зовсім не підозрює, що ще зміниться, і ким він стане в недалекому, ба більше, неозорому, майбутньому? Правда в тому, що він ніколи не зможе дати вичерпної відповіді, адже вона завжди змінюватиметься, а вводити інших в оману – неправильно. Його звати Родвелл (це він знає напевне), і він чоловік з моїм іменем.

4.1

Світу вдалося одягнути на нього гамівну сорочку, та й він особливо не пручався: насправді самостійно виконав необхідні дії, спочатку, напевно, вважаючи це формальністю, але згодом був змушений прийняти нову дійсність.

Незвично теплий початок квітня. Хоча кого дивують аномалії, що ступають слідами Родвелла, а частіше стають дороговказами? Він старанно голиться перед дзеркалом, забувши розпорядок догляду за пишною бородою. Тепер у нього інші процедури – Родвелл тепер також інший. Він одягнув ідеально випрасувані штани, свіжу накрохмалену сорочку, йому личить краватка, йому пасує офіційність. Він прийде за п'ять хвилин до узгодженого часу, щоб переконатися – усе йде за розкладом. Він багато посміхатиметься, відповідатиме на запитання опонентів, – бо знає, які питання поставлять, – він дасть відповіді, які вони хочуть почути.

Він так житиме наступні багато років, відповідатиме очікуванням, піде шляхом передбачуваності. Не дозволятиме грайливих посмішок, зав'яже з легковажними зв'язками (його взаємини з жінками далі матимуть ко-

роткочасний характер, але віднайдуть бодай якусь стабільність). Він добре харчуватиметься, контролюватиме час свого сну. Тепер він гратиме за правилами. Його лише хвилювало, що таке життя більше не було питанням самоконтролю, отже, особистого вибору, – радше звітністю, обов'язком, новою формою поведінки, правилами професійного етикету, яких мусить дотримуватися молодий викладач.

Чи подобалося йому таке життя?

4.2

Життя стабілізувалося й розчарувало. Не лише тому, що він тепер носить фраки, які досить скоро зненавидить, не тому, що йому порекомендували приховати татуювання з делікатним натяком обов'язкового дотримання рекомендації. Подумати лиш, скільки значення надають якимось знакам на тілі, що в просторі Всесвіту становить незначний шматок матерії, який заледве протягує 60 років і то періодично барахлить.

Із цими нововведеннями змінилось щось усередині.

Він розчарувався в собі, хоча й не визнавав свого таланту, але ніяк не міг впоратися зі своїми амбіціями. Він глибше соціалізувався, але, пізнаючи світ, частіше хотів його уникати. Родвелл став зверхнім до людей, у чому їх же й звинувачував. Звичне коло його спілкування тепер становили молоді студенти, які не проявляли необхідного ставлення до справи, яка для Родвелла таки мала значення. Він став відчувати, як тіло поступово виснажується, не витримує звичних навантажень, проявляє перші ознаки протестів. Накопичення останніх факторів призвело до втоми, емоційного вигорання, прогнозованого зриву. Його більше не вдовольняло мінімальне щастя: він більше не знаходив щастя в мінімальному. Він вимагав від життя більшого, що, зрештою, й отримував. Натомість навчився підлаштовуватися до раніше неприйнятних умов.

Словом, Родвелл уклав негласне перемир'я зі своїм теперішнім життям. Тепер він простіше ставився до вчинків: перестав боятися вагомих, або перестав їх такими вважати. Родвелл встиг одружитися та оточити себе усіма ознаками серйозності. З одруженням було найскладніше: він завжди був певен, що стане хорошим батьком, але не міг стверджувати, що буде надійним партнером. Стосунки з особою, яка апріорі залежна від тебе, значно простіші, аніж реляції двох рівних величин. Він усе ж стрибнув. Також дійшов до рівня, коли викладацька діяльність повністю забезпечувала його потреби. Заради комфорту сім'ї купив мінівен і переїхав до більш практичного будинку, вчасно сплачував кредити, завчасно планував відпустки, обирав безпечні напрямки, оточив себе справами, які вимагали відповідальності. Він приймав усе це. Можливо, хотів спробувати пожити класичним життям, можливо – перевірити чи дисциплінувати себе, можливо, настільки зневірився в усьому іншому. Його лише хвилювало, що з усіх попередніх періодів він міг спокійно вийти без будь-яких наслідків для себе та інших, а тепер він був зв'язаний, самостійно при цьому обравши вузол і нитки.

Чи подобалося йому таке життя?

4.3

Велич і нереалізованість таланту Томаса Вулфа, соціальні причини самогубства Стефана Цвейга та його новостворена форма новели, унікальність імені Еміля Ажара і творчі мотиви його суїциду. Історії псевдонімів, невидані шедеври літератури, автори як голоси нації, політично вмотивовані тексти.

Він був натхненним викладачем, зачіпав найцікавіші теми, згадував найвидатніші імена. Родвелл влаштовував групові читання, інсценування окремих частин романів, що цінувала, на жаль, лише мала частина групи. Інші, що вступили на непопулярний гуманітарний напрям, вивчали матеріал, аби лише скласти іспит, а не дізнатися найзагадковіші моменти з історії літератури й уже точно не заглиблюватися в нюанси. Відповідно, ентузіазму Родвелла надовго не вистачило – тільки класи креативного письма дозволяли триматися на плаву.

Загалом життя стало передбачуваним, зрозумілим, спланованим, звичним, звичайним – перестало хвилювати. Хоча йому й подобалися окремі епізоди.

То давайте більше про тексти.

4.4

Текст має викликати емоції в читача, але при цьому не бути переповненим емоціями автора. Це перше, на що звертав увагу Родвелл. Не існує кращого підтвердження таланту письменника, аніж збалансований, врівноважений, послідовний, логічно побудований текст, який передає задуманий зміст, створює бажаний настрій, занурює в історію і не змушує думати про персоналію самого оповідача.

Найгірше, коли автор не витримав емоційного навантаження — і текст видає його хвилювання. Ще гірше — нав'язує читачу своє бачення, а не схиляє до порозуміння. Тому писати, як вважав Родвелл, варто лише в стані спокою, щоб пережиті події втратили вплив на текст.

Це були невеликі факультативні групи: студенти могли добровільно обирати цікаві предмети (випадкових персонажів на креативних студіях Родвелла не було). Вони вивчали коротку прозу як жанр, що передує роману, але зовсім не обов'язково є менш важливим чи складним, радше — менш часозатратним, легшим для аналізу.

— Коли я читаю, то не хочу передбачати події історії, — постановляв Родвелл, а студенти наступні кілька вечорів намагалися створити оповідання, яке зможе його вразити. На заняттях вони обговорювали власні роботи, шукали спроби покращення, редагували тексти партнерів, ніколи не порівнювали із творами класиків, хоча, звичайно, вивчали Чехова, Мопассана, Гемінґвея.

Прогнозованість тексту — найгірше, що може статися в короткій прозі, навіть попри смак мови і витонченість мовлення. Важливо заволодіти увагою читача, занурити його в сюжет твору, змусити зупиняти читання й складати пазли історії, а потім обманути всі сподівання.

Те саме стосується героїв твору, із якими читача потрібно знайомити поступово й непомітно, тим паче – жодним чином не присвячувати абзац із метою познайомити і збутися цієї потреби. Варто постійно давати шматки інформації, дозовано, наче до слова, не роблячи акцентів. Про героїв слід писати так, щоб із ними хотілося провести вечір.

Єдине, в чому до кінця не розібрався і сам Родвелл, – це питання часу та простору. Він схилявся до думки універсальності тексту, письма без часових і локальних прив'язок, манери просто описувати життєву історію, не деталізуючи місце подій. Такий прийом дозволяє зберегти гнучкість твору, а отже, його тривалу актуальність. Окрім випадків, коли самим задумом твору є передати часову епоху чи особливості певної місцевості. Родвелл визнавав важливість опису сучасності як фактору історичної спадщини.

На заняттях вони здебільшого аналізували смислове навантаження тексту, його потенційний вплив на читача, оскільки складно вимагати від початківців досконалості форми. Тому вони акцентували на переданні змісту, тобто максимальної відповідності між ідеєю та втіленням, між тим, що хотілося передати і як це вдалося виразити.

Опісля захисту дисертації Родвелл прочитав чимало праць своїх колег. Найбільше його зацікавив Генрі Салліван – ірландський науковець і редактор, який вивчав текст із погляду математики і за своїми формулами досліджував ідеальну насиченість діалогічних структур, описів, рефлексій та інших технічних і структурних складових.

Від Генрі Родвелл перейняв важливий підхід прийняття тексту. Генрі засуджував надто критичних авторів. Родвелл вважав самокритику чи не єдиним джерелом прогресу. Ідея Генрі в тому, що читач бачить лише фінальну версію твору, найімовірніше, перший і єдиний раз. Він не знає, яких змін зазнав текст, якою на вигляд була чернетка, які уривки були переписані, і точно не шкодує за видаленими. Він не може порівняти редакції тексту, а отже, приймає його як доконаний елемент. Родвелл, зрештою, підтвердив логічність такого підходу й став ставитися до своїх робіт менш критично. Цікаво, що Генрі намагався вирахувати ідеальну комбінацію текстових характеристик, за схожими формулами визначив, що два роки тому він проґавив ідеальний момент, щоб померти. Тому засмутився і в наступні кілька років подався в екстремальний спорт: певно, щоб виправити згадане непорозуміння. Цікавий був чоловік.

5.1

Я повертаюся до нинішнього моменту – до того, із якого починалася моя оповідь, але який значно ближчий до завершення моєї історії в цілому. Отож я щойно продав будинок своїх батьків. Мені за шістдесят. Я сідаю за кермо свого компактного форда. Я абсолютно вільний у виборі шляху, ймовірно, трохи обмежений часом. Але пообіцяв собі, що поїздка цим маршрутом стане останньою. Я більше сюди не повертатимусь.

Слід сказати, що ці сорокахвилинні автоподорожі, що їх сміливо можна ставити за взірець розміреного водіння, здійснюваного законослухняним учасником дорожнього руху, давали мені нагоду прослухати в дорозі останній альбом сучасного блюзу, а також стали звичною, вкоріненою в мій досить вільний графік діяльністю, яку навіть за вищеописаних умов можна назвати традиційною. Тому згодом, коли я зрештою продав будинок, мені довелося шукати, чим зайняти себе у вільні години вечора середи.

Цілком прогнозовано я присвятив себе читанню (кого це, зрештою, може здивувати?). Щоправда, у мене тепер досить швидко втомлювалися очі, тож я свідомо обирав малі форми. Направду, я просто читав свої записники.

Мені важко було читати ці тексти. Досить часто хотілося взяти олівець і внести правки. Це цілком нагадувало б розмову редактора та автора, де перший апелює до нелогічності сюжету, неправдоподібності героїв, обурений їхніми вчинками і цілісно заперечує фабулу твору. Але автор не міг вступити в діалог, тож мені залишалося тільки пригадувати ті події, однак до кінця я їх не розумів.

Молодість минає під гаслом: «*Якщо я зроблю* **це**, *цікаво, що станеться натомість?*».

У зрілості ця форма модифікується: «*Якщо я це зроблю, станеться ось* **це**, *отже, чи варто мені це робити?*».

У першому випадку ми керуємося інтересом незвіданого, у другому – відштовхуємося від досвіду прожитого. Із ретроспективи свого бачення я знаю напевне, що відбуватиметься в кожному епізоді. Тому, коли перечитую ці прадавні рядки, намагаюся лише згадати, чи думав тоді Родвелл про майбутнє стільки, скільки він думає про минуле тепер?

5.2

Цей епізод датується 1983 роком. Родвеллу близько тридцяти, він у процесі підготовки до захисту дисертації, сумлінно дотримується визначеного плану. Усе рухається спокійно, очікувано, і лише один день вибивається зі звичного циклу та ризикує підірвати описану гармонію.

Послухайте, що відбулося цього дня.

Цієї миті Родвелл сидить у банку. Йому подобаються комфортні шкіряні дивани та посмішки працівників. Він швидко пробігає поглядом угоду, а потім заповнює необхідні поля й поринає в очікування. Він бере кредит на машину, це – новий понтіак. Він не може собі цього дозволити. Кредит йому надають, бо він залишає дані батькових рахунків. Батько про це не знає. Родвелл хитро роздобув їх під час останнього домашнього візиту.

Він записав цей епізод як «визначальний момент світлого майбутнього». Я помічаю в тексті його емоційність (там описані пригоди, які відбудуться з хлопцем).

Коли я перечитую це, то подумки підказую йому: *«Не чини так!»*. Я намагаюся переконати, що це погана затія, бо добре знаю, що не станеться нічого хорошого.

Проаналізуймо, про що зараз думає Родвелл. Він у розквіті сил, втомлений рутинною роботою, і, як ми вже знаємо, завжди готовий до розваг.

До останньої його схилила Елла, нова подруга, з якою той познайомився на одній із вечірок. У Елли смаглява шкіра та красиве кульбабове волосся – відмовити екзотичній дівчині на екзотичну пропозицію подорожі західним узбережжям він не зміг.

Він міг орендувати машину, але, очевидно, хотів похизуватися або ж розраховував на тривалість нового зв'язку. Знайомим обмовлявся, що знайде роботу, коли повернеться. Насправді він зовсім не думав про наслідки.

Як звичайний читач, я, само собою, хотів би далі спостерігати неймовірні авантюри. Будучи автором цієї історії, я неодмінно зробив би це, однак зараз я лише наратор, хоч і безпосередньо причетний, але абсолютно не спроможний змінити хід подій ані редакціями тексту, ані підказками герою, ані викривленням історії. Я вимушений просто констатувати: історія закінчилася, заледве розпочавшись. Кредит він, звісно, не виплачував. Елла виявилася повією, про що він незабаром дізнається і, обурившись, облишить її при виїзді із Сіетла. Його очікували сварка з батьком, непогашені відсотки кредиту та підрив репутації через зв'язок із Еллою. І всього цього Родвеллу вдалося уникнути.

Разом із другом вони розіграли викрадення понтіака та нічні перегони. Згодом поліція знайшла понтіак, він був цілим. За умовами договору Родвелл не встиг дійти до точки неповернення, тому відмовиться від купівлі автомобіля, а ця історія обійдеться йому лише корисним висновком не встрявати в жодні любовні історії, раціонально не зваживши усі потенційні ризики.

5.3

Чи це любов – закладений у кожному з нас прихований інстинкт, що починає функціонувати за сприятливих умов? Чи то ми самостійно натискаємо важіль, запускаючи цей процес?

Чи контролюється любов? Чи спроможні ми обирати об'єкти? Чи не простіше приховувати, а коли вигідно – прикриватися любов'ю, посилаючись на думку, що трактувати любов можна по-різному?

Родвелл приймав власний альтруїзм як вроджену здатність, як вміння розуміти і схильність співчувати, особливо коли йшлося про когось стороннього. У черговому описаному уривкові він поставив під сумнів останнє твердження.

Це був сумбурний насичений день, Родвелл згадує, що присвятив його вирішенням формальностей із університетськими документами. Він був заклопотаним і роздратованим. До слова, це вже був дорослий, зрілий Родвелл, який твердо стояв на ногах і цілком усвідомлював, ким він є.

У цих клопотах Родвелл відзначає такий епізод: він зауважує чоловіка ще здалеку. Родвелл прямує тротуаром і не може перейти дорогу через насичений рух транспорту. Приблизно за п'ятнадцять секунд він зрівняється з тим чоловіком. Це не знайомий, якого неприємно бачити, він не заборгував йому грошей. Чесно кажучи, такі люди залишаються непоміченими й рідко удостоюються уваги. Чоловік невинно сидить на краю тротуару, на ньому стара подерта куртка, у нього брудне обличчя, але добра посмішка. «Homeless but not hopeless» — написано на табличці поруч, збоку також пластиковий стакан і декілька купюр у ньому. Як йому не повірити?

Родвелл наближається до нього. Існують шанси, що він змішається з натовпом і залишиться непоміченим для чоловіка, хоча той особливо нікого не виглядає. Але, наблизившись до нього, Родвелл відвертає погляд, проходить повз. Пройшовши лише якісь триста метрів, він розвертається і, видихаючи, думає: «Що сталося?»

Нічого не сталося. Сталося нічого.

Проста відповідь. Родвелл просто пройшов повз людину, яка потребувала допомоги. Таких випадків чимало, особливо в активних частинах міста, десятки бездомних, сотні-тисячі тих, хто проходить повз. Одиниці залишають дріб'язок із найрізноманітніших причин.

Це наш текст описує емоції події — у житті ж усе відбулося миттєво, без аналізу. Родвелл зауважив те, що сталося, лише після фактичного завершення ситуації, коли надто пізно було її виправляти. Зрештою, у того чоловіка не було жодної реакції, бо він звик, що люди проходять повз. Чому саме такий вчинок Родвелла мав його здивувати?

Але він вразив самого Родвелла. Бо за звичних обставин він завжди підходив запитати, як справи. Намагався зрозуміти причини несприятливих подій, що спіткали людей. Він хотів би знайти рішення чи скласти план, у найгіршому випадку подумки звинуватити владу за недостатню соціальну підтримку. Родвелл не завжди допомагав, але ніколи не проходив повз, або ця думка не проходила повз його увагу. Тому остання ситуація не давала йому спокою. Його вразила власна байдужість.

Чи реакції Родвелла залежали від його настрою, від зовнішнього вигляду особи та рівня довіри? Навряд. Таких ситуацій ставало більше, реакції, навпаки, слабшали. Чи то змінилися часи, чи то змінився сам Родвелл.

Як він тоді записав у нотатнику: його збентежило, чи таке збайдужіння не поширюється на близьких йому людей. Він сам став помічати, як змінювалася манера його спілкування: колись він справді цікавився людьми – згодом лише вдавав інтерес, занурений у тексти.

Що думає про це сучасний Родвелл? Не певен, що його позиція має якесь значення. Він давно пережив ту історію, він потрапляв не в один десяток схожих. Зрештою, він просто усвідомив, що може чинити по-різному, тому більше не знає, чого від себе очікувати.

5.4

Чи може якийсь випадок детально нас характеризувати і чи варто всі наступні схожі ситуації трактувати за попереднім прецедентом? Чи часто ми вдаємося в умовності щодо ймовірності наших вчинків? І наскільки теоретична свідомість наших реакцій співвідносна з практичною реалізацією? Питання відкриті. Особисто вважаю, ми не можемо передбачити свою поведінку до моменту, коли безпосередньо не зіткнемося з реальними умовами. Ми мусимо перевіряти себе.

Інший уривок записника Родвелла переносить нас до університетської аудиторії. Там відбувається щорічний збір аспірантів, де молоді науковці звітують про результати своїх досліджень. Серед них присутній Томас Руперт, який виступає першим і провалює свою доповідь. Така черговість виступів тепер здається продуманою з наміром відвернути увагу зосереджених на останній підготовці доповідачів від презентації Томаса. Але Томас – син професора, тому отримує максимум уваги. А також тишу опісля виступу й деякі рекомендації доопрацювань. Критика відсутня. Додаткові питання – теж.

Якби Родвелл уявляв таку ситуацію в перспективі й передбачав свою потенційну поведінку, як би він повівся? Він змовчить чи висловить свою думку про опонента? Можливо, він поставить декілька запитань, бо у нього суміжна тема, і він розбирається в ній значно краще. Так він зможе потішити своє марнославство. Можливо, йому стане шкода товариша, оскільки сам колись може опинитися в такій ситуації. Варіантів два – змовчати або вступити в дискусію. Мотивів для кожного варіанту декілька. Зрештою, його коментар міг би і підтримати партнера. Родвелл поводиться очікувано, а саме: дотримується загального мовчання, у такий спосіб уберігши себе від негативних наслідків.

Дорослий Родвелл також би змовчав, але мав би на це інші – чіткі та зрілі – причини. По-перше, він не знав Томаса, по-друге, не знав обставин, що передували або спричинили невдалу доповідь. Саме тому він би поставився до цього з розумінням і захотів би дати хлопцеві ще один шанс. Або навіть не один.

5.5

Визначити – не погано. Не завжди правильно, зате комфортно. Визначеність дарує безпеку, дає повільний, але очікуваний результат.

Нашим сусідом довгий час був Джеймс – системний адміністратор, чоловік середнього віку, який жив під девізом очікуваності. Думаю, він – найоптимальніший персонаж, щоб описати моє припущення. Джеймс жив логічно й передбачувано. Працював п'ятнадцятий рік в одній компанії, назвав дітей найпоширенішими іменами, придбав безпечний популярний автомобіль. Ми досконало знали його щоденний розпорядок, знали, що останньої суботи кожного місяця він влаштовує родинні барбекю, підстригає волосся раз на три тижні, на десерт завжди обирає сирник із полуничним джемом. Ми знали найпоширеніші питання, які він звично ставить, що він обов'язково скаже про прогноз погоди, за яким системно слідкує. Ми могли передбачити його слова вже тільки за тоном голосу чи моторикою обличчя. Ці знання були зручними, вони робили Джеймса зручним співрозмовником. Він завжди попереджав про дрібні ремонти, приносив тістечка нашим дітям, дарував листівки напередодні свят. Він жив максимально просто та намагався не створювати клопоту, манера життя загального прийняття, яку провадив Джеймс, була зрозумілою і вигідною.

А потім він зірвався. І всі ці розуміння, які формувалися роками, зруйнувалися, схиливши мене до думки, що це ми створюємо світ у проекції, але він не обов'язково відповідає нашим уявленням. Відповідно до моїх спостережень за Джеймсом, він любив влаштовувати суботні барбекю, любив стежити за прогнозом погоди, любив завершувати трапезу сирником із полуничним джемом.

Тільки чому ми використовуємо саме таке словосполучення? Чому так ствердно?

Чи не правильно було б написати: Джеймс влаштовував суботні барбекю, стежив за прогнозом погоди, обирав сирник із полуничним джемом, утримавшись від преференційних означень?

А чи любив він, чи просто займав себе чимось, і вибір впав на описані досі заняття? І де межа наших припущень і суджень?

Кому цікаво: щойно його діти поїхали навчатися в коледж, Джеймс із дружиною, продавши все майно, вирушили до Таїланду. Там його слід губиться, а рід занять сповнюється таємничості. Хоча Джеймс досі періодично надсилає нам вітальні листівки.

5.6

Одного чоловіка звали Кайл Вокер, іншого – Том Мюррей. Вони не були знайомі. Кайл страждав від вади серця, Том захоплювався швидкісними мотоперегонами.

Том смертельно постраждав в одному з рейсів. Його дружина вирішила віддати серце чоловіка Кайлу, який шукав донора для пересадки. Кайл потім стверджував, що йому щоночі сниться дорога і чується ревіння мотоцикла. Він ніколи не водив.

Мені цікаво, як почувається людина після переливання крові, яких змін зазнає організм після вливання чужої крові, чи зачіпає це також свідомість?

Я стаю іншим залежно від мови спілкування, переймаючи культурні ознаки країни її поширення. Я знаю чотири мови. Моя поведінка змінюється від роду заняття, набирає варіацій залежно від оточення. Я відкритий до людей творчих чи освітніх професій, не знаходжу спільної мови, для прикладу, із фінансистами. В очах перших я також буду цікавим і дотепним хлопцем, другі вважатимуть мене диваком. Мені комфортно у вузьких колах, я оживаю, коли йдеться про мистецтво, впадаю в ступор, коли щось ламається в домі. Але я не можу передбачити своїх дій у випадку катаклізмів. То як щодо визначеності?

Ми знаємо себе за звичних обставин, але не знаємо, якими станемо за умов, що вибивають із колії та вимагають нестандартних для нас рішень. Найцікавіше, що реакція однозначно буде, і, певна річ, здивує нас самих, на перший погляд, неспроможних на певні вчинки. Здається, у нашій підсвідомості живуть декілька особистостей: ми приймаємо лише домінантні, але оскільки постійно вивчаємо себе, не можемо передбачити напевно.

5.7

Тому, коли я тримаю в руках два свої фото різної давнини, періодично поглядаючи на теперішнє відображення, аналізую всі, на перший погляд, підконтрольні зміни, я усвідомлюю лишень неможливість будь-яких узагальнень, бо єдине твердження, яке я можу висловити, стосуватиметься того, що у людей, зображених на фото, більше відмінного, ніж спільного.

Я описав три послідовні періоди розвитку Родвелла, перехід між якими здається плавним, коли про них говорити в хронології. Зовсім по-іншому роздивлятися їх у двадцятилітній давності. Площина часу дозволяє помічати деталі. Дивно, що згадуються саме деталі.

Є Родвелл, який закритий у своєму просторі від людей та цілком вдовольняється створеним світом.

Існує Родвелл, який шукає себе й протестує проти загальноприйнятного, при цьому дотримується власних правил.

Також згадується Родвелл, який засипає себе цементом зобов'язань, але проганяє цю думку, боїться собі в цьому зізнатися.

Ці рядки пише Родвелл, який байдуже до всього ставиться і сприймає все за належне. Стверджує, що усі попередні Родвелли – це максимально відокремлені історії, життя кожного з них максимально довершене, заслуговує крапки та початку нового, не пов'язаного з попереднім.

Я не заперечую. Бо не знаю, який з цих Родвелів справжній, не буду навіть раціоналізувати з цього приводу. Мені доводиться давати раду з усіма, оскільки я мушу відгукуватися на це ім'я та мати справу з наслідками, які вони мені залишили.

6.1

Далі був Родвелл, який мені подобався не найбільше, але виконував те, що мав робити, – продовжував справу батька, що збоку сприймалося як достойний вчинок зрілого сина. Хто зважав, скільки страждань це могло йому завдавати? Після смерті батьків Родвеллу довелося подорослішати. Звучить двозначно – подорослішати в 40 років – але все сталося, як і написано.

Мій батько мав тютюновий бізнес, що перейшов мені у спадок. Це заняття довгий час забезпечувало безтурботну юність, а згодом визначило моє майбутнє. Тому дозвольте мені короткий екскурс і до цієї історії.

6.2

Генрі Вільямс, мій батько, власник тютюнової компанії «Флемінгс». Чоловік, найчастіше помітний в аристократичних колах. Обирає формальні звертання, надає перевагу строгим костюмам темних відтінків, для повноти образу – захоплюється кінними перегонами й театральними прем'єрами. Цим реченням описані його здобутки, а зараз я коротко розповім про дорогу, котру пройшов Генрі.

Тютюн справді змінив його життя. А змінювати було що – давно, задовго до моменту написання цієї історії, задовго до дня мого народження молодий Генрі працював звичайним техніком на залізниці. Ремонтував колії або забезпечував надійне сполучення між світами, – як любив він висловлюватися, хоча я ніколи не помічав у фразі жодної метафори. Кожного другого четверга повз його станцію проїжджав невеликий вантажний потяг. Бригада знала, що той перевозив тютюн, тому всі намагалися максимально швидко звільнити колію, за що отримували пачку добротного курива й робили самокрутки.

Мій батько пішов далі: його з якихось причин зацікавила технологія виготовлення тютюну. У моменти очікування він пробував зав'язати розмову із високим худим чоловіком, якого звали Джей і який був відповідальним за перевезення вантажу. Згодом Генрі став начальником станції, а Джей – його другом, і, дотримуючись закономірності перетину колій, їхні життя також тісно зав'язалися.

Спершу помер наш сусід, старий дядько Карлос, виходець із якоїсь латиноамериканської країни. Я не пам'ятав дядька Карлоса, як він не пам'ятав свого походження, але знаю, що він заповів батькові свої гаражі. Їх було багато, бо в кращі роки Карлос ремонтував автомобілі. На той момент Джей залагодив усі формальності із землею, що належала йому, тому вони взяли кредит і розпочали спільний бізнес. Вони переобладнали гаражні приміщення, придбали сушильні машини й спершу просто вирощували тютюн, перепродуючи сигаретним гігантам. Згодом перейшли до створення самих сигарет.

Забігаючи наперед, скажу, що батько не робив акценту на масштабах продажів, радше на унікальності продукції. Тому, знайшовши оригінальну формулу з комбінацій сортів тютюну, Генрі та Джей змогли створити особливі сигарети. Вони продавалися в казино та дорогих ресторанах, поширювалися серед людей, які цінували якість і були готові за неї платити, словом, підтримували маленькі бізнеси, а не монополії. Маркетинговий план батька із фокусом на автентичність, а не масовість, спрацював. Розвиток бізнесу був стрімким, Генрі та Джей ставали успішними, і завдяки цьому мене мало що хвилювало в роки юності.

Вони починали, коли я був надто юним, а отже, я тільки віддалено розбирався в тих процесах. Насправді я міг судити про успішність їхньої діяльності лишень за настроєм батька: коли все йшло добре, я отримував увагу та подарунки, за труднощів батькові краще було не потрапляти на очі. Звісно, згодом батько намагався заразити своїм заняттям й мене, але ці намагання не були надто нав'язливі.

6.3

Теоретично все здається простим. Є чотири етапи виготовлення тютюну: сівба, догляд, збирання, сушіння. Ця інформація була мені відомою завжди, хоча не пам'ятаю моменту, коли безпосередньо її запам'ятовував. Вона сама вкоренилася в моїй голові, інакше не могло бути, адже все життя нашої сім'ї крутилося навколо згаданих видів діяльності.

Віднедавна мені вдалося поглибити свою обізнаність. Я дізнався, що спочатку технічно визначаються якості ґрунту, де садять листя тютюну, я вивчив назви добрив і хімікатів, які використовувалися при догляді, розумів технологію збирання та сушіння тютюну.

Останній етап – мій улюблений.

Після збору тютюну його сушать в спеціальних машинах. Для цього потрібно дотримуватися правильної температури та оптимальної вологості. Тепло зі зовнішнього нагрівача подається по трубах у приміщення для сушіння подібно до того, як воно розподіляється батареями центрального опалення. Теплова обробка триває доти, доки листя не набуде жовтогарячого кольору, після чого сушіння припиняють.

Далі створюються цигарки. Цей процес більш автоматизований, відповідно – менш романтичний. При догляді за листям тютюну ти водночас співпрацюєш і змагаєшся з природою, підживлюєш рослину й намагаєшся вгадати ідеальний момент для роботи, маніакально стежачи за прогнозами погоди. У випадку сигарет – важливо дотримуватися вже усталених норм.

Наш тютюн поступово проходить нарізку із подальшим пресуванням і ще однією сушкою. Тютюн набуває вигляду, у якому використовується при фасуванні сигарет. Далі йде найважливіший етап – кондиціювання та ароматизація. Тут додається спеціальна ароматична рідина, від якої залежить смак кінцевого продукту. Потім спеціальна машина нарізає цигарковий папір потрібної довжини і загортає в неї дозовані порції начинки. Одночасно з цим встановлюється фільтр. Наостанок відбувається упакування цигарок.

6.4

Ці базові знання далися мені лишень тепер. Але відверто я так і не розібрався в усіх нюансах. Зрештою, треба було ухвалювати рішення щодо розвитку, радше менеджменту, аніж продукції. Крім того, я дотримуюся конфіденційності і не поширюю секретів Ґенрі та Джея.

Я розробляв робочі контакти, схеми, за якими працювала компанія. Благо, люди, з якими працював батько, залишилися вірними й мені. Мене завжди дивувало його розуміння, вміння підбирати в команду правильних спеціалістів, які знаходять раціональні рішення, що призводять до прогнозованих результатів. Тому більшість процесів я довірив їм, самостійно лише зменшив обсяги, чим позбавив себе необхідності виснажливих подорожей.

Звичайно, не все мені давалося легко, але результат вартував усіх вдалих і не дуже спроб. Можливо, завдяки тому, що я не був схильним до глибокого аналізу, часто покладався на вдачу, то і вона не підводила мене. Я справді зумів влитися в роботу, розібратися у фінансових моментах, згодом вести їх, а потім проводити регулярну контрольну звітність. З часом старий Джей відмежується від мене і розпочне нову діяльність, зрештою я взагалі продам бізнес, та це буде трішки пізніше

На все мені довелося спустити близько десяти років. Звучить як «викинути десять років життя, щоб позбутися обтяжливих обов'язків». Але це не зовсім так. То був складний і відповідальний період, несподіваний за своєю суттю, але цілком очікуваний за логікою подій, потрібний для мого зростання, однак, як я вже говорив, далеко не улюблений.

У певний момент я був чоловіком, який продавав тютюн і не терпів тютюнового диму, що віднедавна став викликати в мене алергічний кашель. І саме таке твердження найкраще могло охарактеризувати моє життя, що, здавалось, знову віднайшло бодай якусь стабільність.

7.1

Коли моя дружина заявила, що покидає мене, я ствердно кивнув головою та далі поринув у свої думки, звично роблячи вигляд, що не надаю значення сказаному. Але це не була байдужість – я розчув її слова. Просто хотів залишити реакцію при собі. Тієї миті, коли вона вийшла з кімнати, не дочекавшись відповіді, знову безпідставно звинувачуючи мене у відсутньому складі злочину байдужості, та переконана, що факт передано й сприйнято, я вже шукав причини, що привели мене до таких наслідків.

Очевидно, вони мали місце впродовж останніх років, коли мене спалював бізнес, а Джуді натомість отримувала мінімум моєї уваги. Хоча я відверто вірив, що із віком сфера інтересів змінюється, визначаються нові орієнтири та акценти, тому вона цікавитиметься життям уже дорослих дітей більше за своє, повністю віддаватиметься кар'єрі, призупиненій потребою виховання ще малих дітей, або ж знайде нове захоплення, одне з тих, які завжди відкладають на кращі часи, а я тим часом залишуся приємною формальністю, міцно вкоріненою в її життя. Але я помилився. Ці закономірності, скоріше всього, стосуються чоловічого сприйняття. Жінка завжди залишається жінкою, потребує турботи та уваги. Тоді я зрозумів, що майже нічого не виконав із того, що колись обіцяв, тому був готовий надолужити згаяне. Але все було значно простіше. І значно гірше.

Вона пішла, коли відчула, що ми більше не залежимо одне від одного, як раніше, що можемо жити окремо, і вона планує кинутися у вир любовних перипетій, чого була позбавлена в молодості через власні принципи, розсудливість, сімейні переконання. Потім добила мене зізнанням, що завжди хотіла це зробити, але родинні обов'язки переважали особисті бажання, а зараз у неї остання нагода їх здійснити. Нам обом було між сорока та п'ятдесятьма. Ідилія нашого благополуччя розбилася остаточно. Не те, щоб я сильно у неї вірив, але, коли ми двоє грали в неї, вона здавалася міцнішою. Зрештою, кого я обманюю?

Її погляд дав мені зрозуміти, що Джуді не хоче цього обговорювати. Нам потім вдалося таки поговорити, хоча за відсутності причин, що підлягають змінам, втрачалась предметність розмови, тому Джуді просто спокійно наводила факти, а я, як звичайно, заперечував все, що вона мені говорила, розуміючи, що вона має рацію. Коли всі апеляції було відхилено, я взявся допомагати їй збирати речі. Допомоги вона не потребувала, бо влаштувала все заздалегідь, отже, планувала свій відхід завчасно. Я не помітив цього, проте не здивувався. Документи також були готові, я підписав їх, не читаючи. Урешті, ми завжди знаходили порозуміння у формальних складових наших стосунків.

7.2

Про подію варто писати, коли вона завершилася, а не триває. Тоді вдасться уникнути описів очікувань і передбачень, залишивши за собою право лише констатувати факти. А оскільки я пообіцяв собі, що романтична лінія не буде ключовою в цій книзі, то не обтяжуватиму вас інтимними подробицями. Упевнений, вам своїх вистачає, хіба ні?

Джуді пішла. І це був той факт, який, я був певен, колись обов'язково справдиться. Спочатку я боявся його, остерігався, згодом – очікував і шукав відповідника свого ставлення, але так і не підготував жодної реакції. Відповідно не був готовий до своєї неочікуваної свободи, отриманої вольності, вигаданої незалежності, і все ж, самотності.

Сучасний світ дедалі більше пропагує індивідуальність. Поняття сім'ї заперечує здійснення особистих амбіцій. Знайти свою людину означає відмовитись від обіцяних дивідендів сольного буття, вільного від потреби партнерських узгоджень і компромісів.

Декілька перших років подружнього життя ми з Джуді якраз і були тою таки типовою парою нового покоління – ми просто мали гарний вигляд для сторонніх. Цього було достатньо. Нікого не хвилювало, як у нас ведуться справи. Нас це також спершу особливо не хвилювало.

Історія Джуді та Родвелла – це не історія про одну з тих дівчат, які все життя готують себе, щоб стати хорошими дружинами, ані про особливого з тих чоловіків, які можуть взяти на себе відповідальність подружніх обов'яз-ків. У Джуді таке бажання не проявлялося, я також не був тією людиною. У той момент, коли Джуді покидала мене, я навіть забув, чому полюбив її.

Отож у нас не було красивої історії, але наша історія була правильною. Ми були ідеальними партнерами, нам було добре разом. Ми обоє викладали, тому з розумінням ставилися до специфічного розпорядку дня, рівномірно розподіляли домашні турботи і фінансові витрати, спла-нували взаємовигідний час народження дітей, так само спільно їх виховували. Продумані, дисципліновані, прак-тичні стосунки двох науковців.

Познайомилися ми, відповідно, на одній із конфе-ренцій, а все починалося зі спільного наукового інтере-су, далі – фізичного вдоволення і, насамкінець, комфор-ту проживання разом.

У нас, звісно, виникали й непорозуміння, але вони були доволі незначними, тому згодом нас поєднали сот-ні ниток, а обірвати якусь із них за таких обставин – це приректи себе на дискомфорт. Тому відхід Джуді став здебільшого питанням не так емоційних переживань, як по-бутових незручностей.

7.3

Гаразд. Про останні я трішки перебільшив. У нас була Ага, польська покоївка, яка виконувала більшість домашніх обов'язків, хоча Джуді досі принципово готувала сніданки і вечері. Нашим близнюкам виповнилось шістнадцять, і вони напередодні поїхали до каліфорнійського коледжу, облишивши нас із Джуді самих. Тому це найбільше питання звички, того, як змінився мій звичний порядок речей.

Відтепер я приходив у порожній будинок, гучно промовляв «привіт» і чув лише відлуння. Мені нікому було висловити обурення через університетські негаразди. Якщо я випадково розіллю вино, мені доведеться витерти стіл, Джуді не зробить це за мене як акт турботи з метою заспокоїти. Тому я зав'язав із цим: із ситуаціями, які нагадували про неї.

Деякі люди довіряються почуттям, інші – відштовхуються від обставин. Тому за природою поділяються на раціоналістів та емпатів. Перше я вважаю благословенням, друге – прокляттям. Почуття й подальші питання завжди лише створювали проблеми для мене. Мабуть, раніше я керувався молодецькими емоціями, котрі потребували слухачів. Зараз же мене скорила стареча смиренність, тому ця несподівана нестерпна самотність певною мірою навіть влаштовувала мене. І я облишив ситуацію там, де їй і місце, – у минулому.

Надалі я просто регулярно переказував гроші дітям, чого б не робив у таких сумах, якби не розпорядження їхнього дідуся, залагоджував останні формальності щодо продажу бізнесу, згодом ми навіть стали бачитися з Джуді. На хвилинку, це сталося за п'ять років опісля розлучення. І вона з особливим задоволенням називала мене «мій екс».

Зрештою, мені вдалося так-сяк внормувати свій побут на новий лад. Не проблема, що він був перенасичений роздумами, які не мали істини, та питаннями, на які не існувало відповідей. Це не мало жодного значення. Єдине, що дратувало, – мені не вдавався довгий сон, який міг би поглинути декілька зайвих годин безцільної активності. Тому якоїсь миті я став малювати. Та це, радше, антистресове заняття, ніж спроба реалізувати свій художній потенціал.

7.4

До мене інколи приходять жінки, але це просто обмін взаємовигідними інтимними послугами – не більше. Я перестав трактувати любов як чітку визначеність, за що часом сприймав тимчасове захоплення або ж притаманну жінкам турботу. Дійшов до того, що дефініцію любові визначити неможливо.

– Я не поцілую тебе, доки не закохаюся, – сказала мені якась двадцятилітня студентка.

– Я не закохаюся в тебе, якщо мені не подобатиметься цілувати тебе. Якщо ти готуватимеш несмачні вечері й робитимеш бездарний мінет, – подумав я.

Дивовижно, як молоді люди бездумно кидаються у взаємні спроби захопити одне одного, витрачають свої сили й час лише для того, щоб згодом зрозуміти помилковість вибору партнера. У зрілості така поведінка здається недопустимою, вважається, як мінімум, нерозумною. У певний момент ми точно знаємо, що любимо, тому намагаємося знайти у комусь необхідні риси. Таким чином, любов дозволяється опісля того, як ми зрозуміємо, що однаково бачимо світ і дивимося в одному напрямку. Суть стосунків у підсумку залишається такою ж – змінюється лише послідовність подій.

7.5

Спроби зав'язати нові стабільні стосунки також очікувано провалилися. Коли ревнива Трейсі, – до речі, єдина жінка, яку я справді розглядав у цій ролі, – змусила мене знищити всі згадки про колишню дружину. Вона не розуміла, що це також означає знищити спогади про мене, бо від фізичних речей, «від непотребу», якого вона хотіла позбутися, відштовхувалось також чимало моїх пам'ятних моментів. Тому в нас нічого не склалося. Про що вона тільки думала? Чи часто буває, що вас просять видалити з пам'яті двадцять років вашого життя?

8.1

Більшу частину часу відтоді я проводив у будинку моїх батьків. Уважному читачу відомо, що в майбутньому я наважуся продати його. Якщо ви дизайнер, то, можливо, вже уявили, на що міг бути схожий цей дім, судячи з описів персоналії Родвелла. Будучи фінансистом, ви б, звичайно, знайшли десятки хороших варіантів, як використати додаткові фінансові надходження. Але годі цієї гри фантазії. Якщо ви просто стежите за історією, то зауважу, що до моменту продажу будинку ще довгих десять років, я вже неодружений, встиг відійти від бізнесу, тому меланхолія і пам'ять часто приводять мене до місця, яке ці спогади найкраще породжує.

8.2

Це був старий американський будинок мрії із зеленим доглянутим газоном, білим гаражем і трьома поверхами, на які піднімаєшся рипучими сходами. Усередині панувала хаотична практичність, де й так доволі сумбурний інтер'єр доповнювала ще й незліченна кількість декоративних дрібниць, але особисті речі були добре сховані, наче відсутні. Цілком типове життя по-американськи: ми показуємо своє життя, але не себе.

Моя кімната, розташована під похилим дахом, по якому тарабанив дощ, оснащена великим ліжком із твердим матрацом, старою бездонною шафою та дерев'яним із авторською різьбою столом, а ще настільною лампою, яку я використовував для читання, була найвіддаленішою точкою нашого дому, тож певною мірою дарувала мені часткову недоторканість, себто мене не займали через дрібниці.

Що цікаво: моя кімната теж не зазнала особливих змін. Інколи батьки, звісно, скидали туди зайвий мотлох, аргументуючи відсутністю експлуатування, але я швидко повертав її першочерговий вигляд, назавжди залишаючись першим і єдиним мешканцем, зберігаючи там тільки свою енергетику. Мені було важливо, щоб так було й надалі.

Там досі був камінь із Рима, першої подорожі за межі країни, привезений як сувенір, що допомагав детально пригадати день, який зостався би давно забутим або загубленим у сплетінні інших, якби не цей звичайний об'єкт твердої гірської породи. Я достеменно пам'ятав, у що був одягнутий, імена однокласників, з якими їздив у подорож, як ретельно обирав кадр для фотографії, навіть специфічний смак фісташкового морозива. А ще окремо видане зібрання оповідань О'Генрі, із пожовклими листками й стертими літерами, хоча у книг, безперечно, не існує терміну придатності; платівка Френка Сінатри, яка не функціонує, але нагадує про зустрічі з друзями, колекція поштових марок із зображеннями природних парків Сполучених Штатів. Краватка, що її я вдягнув на вручення кандидатської, моє дитяче фото, яке колись лежало в гаманці батька. Батьки колись намагалися впорядкувати альбом старих світлин, пізніше навіть збирали нечасті виписки з газет чи наукові журнали, де друкувалися мої статті. Але вони не встигли все розсортувати: смерть, очевидно, не входила до їхніх планів.

Кажуть, місце народження – лише випадок, збіг обставин, вимушена локація, під яку доведеться певний час підлаштовуватися. Більшого значення набуває місто, яке сам обираєш, яке формує тебе. Дім моїх ранніх літ був місцем асоціацій та прив'язаностей, точкою відліку, пристанню одвічного повернення заради нових початків, що водночас схоже на дві протилежні стихії, на дві системні складові: ми скидаємо зайвий вантаж із повітряних куль, щоб йти далі, вгору, чи навпаки – опускаємо якір корабля, горді у своїй благородній статичності, незворушній стійкості.

Коли я продавав будинок, більшість речей на диво виявилися нікому не потрібними, і я з жахом усвідомив, як легко можуть демонтуватися усі згадки, які колись так ретельно зберігалися. І чи не так само з людською пам'яттю, бо як ми відпускаємо речі? Часом виділяємо в серці окреме місце для зберігань, поступово позбавляючись зайвого, яке в певний момент втрачає значення. Це вважається природним і зрозумілим. Пам'ять незворотньо працює на забуття. Та хіба не краще було б виривати спогади одразу з корінням, одним рухом, як чужорідний об'єкт, не вартий більше уваги та енергії?

Хіба спогад, коли перестає хвилювати, не вважається таким, що ніколи не відбувся?

Відповіді я не знайшов, але врешті влаштував традиційний гаражний розпродаж і склав пожертву до найближчого сиротинця.

8.3

У той момент я вперше був сам, один. Хоча, за своєю природою, у глибокій сутності людина приречена на емоційну самотність. Ми створюємо відносини різних форм, більшість із яких обумовлені власним комфортом, обираємо суб'єкти відповідно до прийнятних нам категорій, але все одно тяжіємо до монополійних саморефлексій – і це не питання егоцентризму, радше, безпеки.

Переконатися в цьому можна у найважчі для себе моменти, наприклад, за обставин, які загрожують твоєму життю чи емоційному здоров'ю. Найдовше час тягнувся для мене впродовж трьох днів очікування результатів гістології, найтяжчим він був у моменти невизначеності (як теперішній, коли я був позбавлений звичного оточення). Але я не порушуватиму питання своїх хвилювань чи страхів, обмежуючись твердженням, що ми можемо з кимось ділитися, але в результаті переживаємо все самі, отримуючи певну зовнішню підтримку, залишаємося покинутими тет-а-тет із внутрішніми баталіями.

Ми самі робимо вибір, самі вирішуємо. Є речі, які будуть виключно з нами, про які не розкажемо нікому, навіть найближчим, секрети, які для нас настільки трепетні, що ми не дозволяємо собі їх прокручувати в голові, – не те, що ділитися з іншими.

8.4

Наступні роки я провів у подорожах типового туриста, із великою картою в руках, заздалегідь запланованими турами і квитками, та людьми, яким я міг поскаржитися за обставин, що суперечили моїм очікуванням. Тому нічого цікавого, відповідно, за цей період не відбулося, окрім, звичайно, освітницьких процесів, які ніколи не втрачали для мене актуальності.

Повернення до Сіетла ввело мене в анабіоз. Не впевнений, чи він був наслідком попередніх активних пересувань, чи, навпаки, передував майбутньому вигоранню, але в певний період моїми основними планами на день стали маленькі побутові дрібниці, як-от: правильне сортування сміття, підбирання здорового раціону харчування, економія потоку прісної води, передплата газет і перегляд кореспонденції.

Я любив зупиняти випадкових людей і запитувати в них інформацію, яку сам міг запросто дізнатися, наприклад, актуальну годину чи дорогу до найближчого кіоску. Частково мені хотілося отримати миттєву відповідь, здебільшого спровокувати реакцію, відчути силу співпраці людей. Часом я розпитував їх про хід дня чи якісь історії з життя, мені приємно було слухати, вважаю, що слухання заспокоює: це корисне заняття.

Варто сказати, що це були просто маленькі розмови, які не вимагали продовження чи високої концентрації, зрештою, нічого не вимагали, тому що сплановані тривалі зустрічі мене втомлювали, потребували певних зусиль, але не мали для мене особливого значення, оскільки могли замінитися читанням, переглядом фільму чи прослуховуванням платівок.

Мабуть, я сам себе перестав хвилювати, знесилений очікуваністю сюжету. Колись, пам'ятаю, помітив, як світ обережно дає підказки, які ми чомусь схильні ігнорувати. Зараз же мені здається, що я взагалі не розумію правила та неправильно інтерпретую знаки. Навіть не можу сконцентруватися на занятті – проблема, мабуть, у тому, що більша частина життя залишилася давно позаду.

9.1

Напевне, це найцікавіша частина моєї повісті, ймовірно тому, що вона відбувається не зі мною. Це далеко не звучить як найкращий опис життя героя з огляду на потребу викликати інтерес до його історії, тому просто маю надію, що Родвелл уже встиг вам полюбитися, а якщо навпаки, тоді вам цікаво буде почути, як я вирішив із ним покінчити.

Але вам доведеться ще трохи почекати. Бо наразі я зумів себе зайняти, навіть чимось зацікавити, наскільки це, звісно, можливо для чоловіка мого віку, його неслухняного тіла й дратівливого настрою.

Це все сталося ще тоді, коли я, тобто він, Родвелл, працював сортувальником книг, пам'ятаєте, сподіваюся, про «Рукописи». Так-так, я зараз про той період його першої незалежності, книгозалежності та Анни, адептом якої він також певний час вважався, але більше про неї ніколи не згадував. Як мінімум, нотатник не містив жодних згадок про неї.

Ми пам'ятаємо, що Родвелл любив свою роботу, але один день він виокремлював понад усі. Це був день, коли привозили новий матеріал, і йому доводилося проводити інвентаризацію продукції, що передбачало необхідність розпаковувати коробки, розставляти книги на полиці відповідно до розділів літератури, перевіряти, чи котрісь із книг не пошкоджені, уважно вносити інформацію в записи, тобто доволі простий і нудний процес, якщо ви не перериваєтесь, щоб понюхати свіжовіддруковані книжки чи прочитати декілька рядків (що, звичайно, робив Родвелл, тому максимально розтягував улюблені обов'язки).

Отож одного дня, а варто наголосити, що це був дощовий день, який не обіцяв багатьох відвідувачів, проводячи чергову інвентаризацію новоприбулого товару, звично попрохавши співробітників, зайнятих лінивим питтям кави, не турбувати найближчі декілька годин (так, ніби вони проявляли особливий ентузіазм), Родвелл, отримавши бажану приватність, знайшов тексти. Важливі тексти, які дуже вплинуть на нього в майбутньому.

В одній із бразильських (здається) провінцій існує цікава традиція: упродовж життя людина мусить написати книжку. Одну за життя. Про своє життя. У такий спосіб має відбутися обмін досвідом поколінь. Художніх вимог до книги немає, форма є вільною, а писати мають навіть неписьменні. Що гірше прожите життя, то кращою вважається книжка, адже молоді можуть дізнатися більше уроків від старших.

Родвелл цінував цю традицію, не дотримувався, але перефразував її в зручному для себе ключі: кожна людина за життя мусить знайти свою книжку. Ту, яка найбільше вразить співзвучністю з особистим світом, дасть відповідь на питання, що хвилюють, служитиме універсальною енциклопедією життєвої мудрості. І він її тоді знайшов, хоча зрозумів, що це саме вона, значно пізніше.

То не була новоприбула книжка, це не була книжка взагалі – це були тексти, рукописи. Він знайшов їх, намацавши звичайну канцелярську папку, тягнучись у пошуках вільного місця до однієї з верхніх полиць, перед тим підставивши стілець, балансуючи на ньому.

У такі моменти у фільмах вмикається драматична музика, камера скеровується на обличчя героя, що вводить глядачів у мандражний стан близької розв'язки. Родвелл витягнув папку (вона була синього кольору), присів на стілець, стер пил рукою та обережно дістав стоси паперу в хвилюючому передчутті. Це була проза, написана англійською мовою, надрукована на дорогому папері, що його не використовують для художніх публікацій. Титульна сторінка містила інформацію про автора та рік написання твору, назву було надруковано на наступній сторінці. «Усе, що я бачив і запам'ятав» – промовив Родвелл вголос і на наступну годину поринув у захопливе читання, тому все інше навколо очікувано відійшло на другий план.

– Як тут обставини? – запитав Кайл, наближаючись до комори, чим повернув Родвелла до реальності.

– Майже закінчив, – відповів той менеджеру й механічно закинув рукописи в їхнє первинне сховище, чудово усвідомлюючи, що відтепер у нього з'явиться ще одна важлива місія.

Він їх крадькома читав на роботі, шукаючи зайвої нагоди зайти до складу, а коли хтось із покупців запитував про якусь із книжок, Родвелл, знову ж таки, не втрачав нагоди прочитати декілька рядків у комірчині під приводом пошуку згаданої книжки, хоча й достеменно знав її розташування. Так минали наступні два місяці, поки Родвелл врешті не дочитав тексти. Його короткочасні зникнення не помічалися, по-перше, йому добре вдавалося маскування, по-друге, всі звикли до його відповідальності, а взагалі, ніхто на це не звертав уваги.

Він довго не наважувався забрати рукописи собі, але не хотів розповідати про них іншим, тому витратив трохи часу, аби впевнитися, що нікому, окрім нього, про них не було відомо.

Він обережно запитував співробітників, чи ті, бува, не загубили якісь із документів, мовляв, він недавно проводив чергову інвентаризацію і викинув чимало макулатури. Розпитував старих працівників, які ще застали часи, коли «Рукописи» були малим видавництвом, а не лише букіністичною крамницею, про непересічні ситуації та цікавих молодих авторів, як наслідок, вислухав чимало безглуздих історій, котрі, на щастя, виправдали себе тим, що *його рукописи* у них не згадувалися. Тому, не отримавши ствердної відповіді і не з'ясувавши обставин появи синьої папки в приміщенні їхньої крамниці, Родвелл заспокоївся певністю того, що був першим, кому довелося тримати **його** рукописи.

Йому сподобалися тексти і, власне, історія самих текстів. Матеріали були дбайливо підшиті, контури літер, які нечітко надрукувала машинка, акуратно підведені чорною гелевою ручкою. Було помітно, що вони важливі для автора, інколи навіть закрадалися підозри, чи це не єдиний екземпляр, який залишив після себе письменник.

Автор надіслав три рукописи з інтервалом у три роки. Це була збірка новел і два романи. На кожному з них вказані різні адреси та телефонні номери. Родвелл намагався зв'язатися з автором, але ці спроби не мали успіху. Утім, до самих творів додавалися короткі листи автора, які той написав від руки. Вони містили невелику анотацію творів, рекомендації щодо прочитання, поясненнями незрозумілих частин тексту. Автор не описав умов, за яких був готовий віддати право публікації, але надав короткі відповіді на потенційні питання видавців. Чи хотів він у такий спосіб уникнути потреби тривалого листування із видавцями, і чи усвідомлював, що таким оригінальним, але ірраціональним методом взагалі прирікає себе на мовчазну відповідь, себто, відсутність відповіді як такої, Родвелл не знав.

Багато загадок, а таких довкола рукописів із синьої папки назбиралося достатньо, залишаються нерозгаданими дотепер. Упродовж довгих років я постійно перечитував тексти, вони самі містичним чином потрапляли мені до рук у різні життєві періоди і надокучали, немов побутові обов'язки, або ж мучили сумління, як невиконані обіцянки, чи залишали глибокі порізи, наче провина за порушені клятви. Після продажу будинку тексти знову з'явилися в моєму житті, знову в зручний доречний момент, нібито спонукали до ще одного вивчення, до ще одного пошуку.

Ми знову повертаємося в наші часи. Я вкотре тримаю знайомі аркуші, майже не пошкоджені з часом. До речі, мені самому незрозуміло, чому я досі не зробив жодної копії чи не переніс тексти в електронний формат. Можливо, так вони би втратили свою автентичність.

Сьогодні я сиджу в кафе. Це одна з тих шумних місцин, куди люди приходять, щоб випити й наговорити зайвого, зіпсувати стосунки з тими, кого вдаємо, що любимо, із тих, де офіціантками працюють красиві, але зіпсуті жінки, які не помічають клієнтів, що пробачають поганий сервіс за їхні короткі спідниці, в які, не вагаючись, засунули б усі однодоларові купюри. Також тут несмачна кухня, але дешева випивка.

Мені не подобається це місце, але одне з подібних – улюблене для героя останнього роману, тому я тут.

Для мене були важливими обставини, за яких писалися романи «мого письменника». Я досконало знав текст і події твору, намагався дублювати їх, тому випивав алкоголь, який вживали у текстах, говорив коронними фразами зі знайомих діалогів, повторював дії героїв, і в такий спосіб вірив, що зможу краще зрозуміти й самого автора.

До речі, я також читав у книгарнях, які чимось нагадували «Рукописи». Вони не були придатними для читання, тому консультанти, зауваживши моє тривале перебування, мабуть, підозрювали мене у темних намірах, і підглядали за мною, що створювало атмосферу азарту, як тоді, коли менеджери могли застати мене за читанням, а я намагався імітувати роботу.

Коли у мене стало більше часу, коли сам час дозволяв мені на нього не зважати, я взявся перечитувати романи зі схожими назвами. Вони описували схожі сюжети, тож я знайшов їх усі, та не знайшов нічого схожого. Тому я ще раз спробував зв'язатися за адресами, які були вказані в рукописах.

Цього разу я безпосередньо туди навідався – от тільки на цих вулицях розташовувалися ресторани, де він, очевидно, часто обідав, і де запевняли, що були тут завжди, та не пам'ятають жодних письменників, або закинуті заводи, про чию історію не було в кого запитати.

Тому, зрештою, за відсутності орієнтирів, я вирішив закинути ідею знайти автора рукописів. І це мені, звичайно, не вдалося.

Герої не відпускали мене – вони категорично відмовлялися виходити з моїх думок. Навіть коли я намагався замінити їх на інших, нових, із якими знайомився в останніх прочитаних книгах. Намарно. Жодна з історій не була логічно завершеною, фінали були відкритими, а якщо оповідь й отримувала закінчення, то залишалась невідомою подальша доля героя. Наче їхнє життя закінчувалось разом із крапкою, яку ставив автор, або ж він дозволяв їм самим розпоряджатися сюжетом. Наче історії тривають, просто їх більше ніхто не записує.

Я вкотре переглянув рукописи. Вони ніколи не були виданими, про них нікому нічого не було відомо. Я єдиний, хто знав про їхнє існування. Я не мав наміру присвоїти собі тексти. Але й не міг дозволити собі публікацію, не отримавши дозволу автора, тільки ким була ця людина, яка написала їх, а згодом зникла, неначе зреклася написаного? І чи випадково ці тексти потрапили до моїх рук, так, наче це я мав вирішити їхню долю?

9.2

Першим він надіслав роман, як жанрово класифікував текст сам автор, із чим я не погоджуюся і називаю якщо не збіркою оповідей, то романом у новелах.

Він починає твір описом чоловіка, який гуляє приморським ринком, дихає солоним повітрям, підставляє променям оголений торс і часом поправляє мокре скуйовджене волосся. Навколо звучить музика, що змішується з ревом моторів машин, які проїжджають повз. Люди за столиками випивають багато вина, що є причиною їхнього хорошого настрою, цілком можливо, що розпивання вина було викликане, власне, настроєм поганим. Дії відбуваються в Бразилії або в іншій латиноамериканській країні. Мені так здається. На ринку люди сперечаються через ціну фруктів, хлопчаки, щоб отримати якийсь дріб'язок, миють вікна автівок, а жінки захоплені хатніми клопотами, при цьому багато й голосно говорять.

Далі увага зосереджується на молодій мулатці, яка розвішує щойно випраний одяг. Що саме за одяг – не наголошується, але підлітки, які підглядають через неї, сподіваються, ніби, зморена спекою, вона зніме його весь і ходитиме квартирою оголена, – тоді вони зможуть побачити її груди. Автор приділяє їй дві сторінки, описуючи фантазії малих, але, на жаль, його герой прямує не до жінки, бо за сюжетом повертає на бічну вулицю до одного з місцевих ресторанів і замовляє віскі. Чекає на якогось Фредді.

У такий спосіб автор намагається створити інтригу, і, правду кажучи, йому це вдається, бо, що б не було написано далі, ви уважно читатимете, аби не втратити нагоду бодай ще хоч раз поспостерігати за згаданою і жаданою особою. Але більше цієї жінки немає – ані в згадках автора, ані в історії чоловіка, ані в уяві хлопчаків, які могли б стати героями. Тоді автор розвивав би сюжет як спогад одного з малих. Мулатка загадково зникає, сумлінно виконавши свою місію: вона старанно розвісила одяг на балконі, вона хитро затягнула читача в роман.

Згодом з'являються два інші персонажі.

Міхаель. Колишній чи то художник, чи то мистецтвознавець, чи то просто викладач у школі мистецтв. Його історія детально не описується, зараз він власник невеликої, але популярної серед митців, крамниці, де можна знайти рідкісні платівки, книжки, картини, різне художнє приладдя. Міхаель не розповідає багато про свою діяльність – більше про своє життя. Він сповнений іронії, що є наслідком багатого досвіду, яким він радо ділиться, а також тішить себе далекими спогадами бурхливого сексуального минулого.

Тепер кілька слів про героїню, якій автор чомусь не дав імені. Проте ми знаємо, що у неї довгі худі ноги, русяве волосся, зав'язане в хвостик, і манера розтягувати останні склади слів. Як би вам хотілося її називати? Пропоную дати їй ім'я Софі. Нехай вона цьому особисто й натхненно заперечуватиме. Можливо, вона справді існувала, можливо, вона саме так і називалася, але щоночі, коли автор засинав, вона тихо підходила до його робочого столу й стирала всі згадки про своє ім'я. До слова, інколи складалося враження, що герої часто снилися автору й розповідали, як мав би продовжуватися сюжет. Настільки яскраві у нього персонажі.

Доля поєднує обох тим, що одного ранку Софі заходить до крамниці Міхаеля й знаходить там унікальну книжку нідерландської школи живопису.

– Скільки вона коштує? – запитує.

Але Міхаель відмовляється її віддавати, посилаючись на те, що сам вирішує, кому продавати ту чи іншу річ. Він обирає, хто має стати новим власником. Софі сприймає це за жарт, вічливо посміхається й обіцяє зайти, коли в пана буде кращий настрій.

Тільки Міхаель не жартував, у чому вона переконається під час наступних візитів. Спершу вона переконується, що книжка не відкладена для когось іншого, а також не має сталої ціни – щоразу Міхаель називає іншу, яку йому конкретно того дня захочеться. Ця розповідь описує наступні декілька тижнів і невдалі спроби Софі заволодіти книжкою. Вона щодня приходить до Міхаеля, він дозволяє їй читати, вона купує у нього декілька пензлів, розповідає про навчання, показує свої роботи, навіть береться подарувати одну картину, та Міхаель вімовляється приймати її. Вона слухає його розповіді з надією подружитися, розпитує про життя, приносить власноруч спечені гостинці, допомагає розставляти нові товари, про вартість і цінність яких вони дискутують. Одного разу вона зачиняє двері й роздягається, однак Міхаель просить її одягнутися, щоб не промерзнути, при цьому кажучи, що хотів би переспати з нею. Та, на жаль, уже кілька років як став імпотентом. Це чомусь засмучує більше її, ніж його.

Згодом вони говорять про все, окрім книжки (зрештою, вона знає її напам'ять – хіба зрідка перечитує улюблені моменти). Вона більше не просить Міхаеля продати її. Цікаво, чи міг би він знайти аргументи, аби тепер цьому заперечити. Дія закінчується тим, що Софі забирає книжку й покидає крамницю, повідомивши Міхаеля, що більше сюди не повернеться. Чоловік не зупиняє її, задумливо посміхаючись услід. Автор нічого не пояснює.

Читачу потрібно прийняти факт, що розділи книжки зовсім не йдуть за логікою подій. Автор також не надає місця чи часу написання, щоб хоч якось зорієнтувати читача, епізоди не пов'язані між собою, герої з перших не з'являються в другорядних ролях у наступних частинах, хоча письменник і робить спроби пов'язати їх описами, роздумами або просто розбавити події вільним текстом.

Для прикладу, він описує такі ситуації:

1. Закритий аукціон, що проходить у підвалі казино, де лотами виступають елементи оздоблення інтер'єру, створені невідомими авторами, але які вражають стариною і стилем. Один із лотів, а саме зображення «Таємної Вечері», на подив присутніх купує охоронець залу, котрий називає рекордну суму, забирає картину й залишає приміщення. Згодом історія пояснює, що ця картина як сімейна реліквія героя епізоду була вимушено продана три десятиліття тому, стільки ж герой витра-

тив, щоб віднайти її, заробити кошти та спланувати повернення додому.

2. Ще один епізод розповідає нам про молоду жінку, точніше – про її нерозділене кохання. У чотирьох коротких діях описані складні душевні хвилювання, те, що вона студентка, пише курсову роботу про творчість архітектора, в якого закохана. Проблемою є лише те, що її коханий помер декілька століть тому, тож їй залишилася тільки його творча спадщина та скупа біографія, але їй достатньо й цього, щоб відчувати і захоплення, і ненависть, і ревнощі до коханок героя, щоб насолоджуватися стражданнями через безнадійність і красу таких стосунків.

3. Сімейна пара святкує двадцяту річницю свого одруження, винайнявши красиву кімнату в готелі серед швейцарських гір. Вони натхненні й красиві, а отже, зворушлива історія тривалого спільного шляху читається з особливим теплом. Проблема виникає тоді, коли власник готелю виявляється першим коханням жінки, і, на жаль, вони впізнають одне одного. Три наступні дні героїня перебуває між двома вогнями, намагаючись зрозуміти, чи останні двадцять років не були помилкою.

4. У черговому розділі описано літню жінку, яка чекає телефонного дзвінка. Історія, як і все її життя, обертається навколо телефона, котрий вона намагається завжди тримати в полі зору, щоб не пропустити важливий дзвінок. Увесь її побут, усі думки та діяння так чи інакше прив'язані до старого столу в кутку погано освітленої спальні, на якому стоїть телефонний апарат. Вона живе в цьому моторошному очікуванні останні сорок років, а коли помирає, стає зрозуміло, що телефон давно відключений,

а дзвінка вона чекала від молодого нареченого, який не повернувся з війни.

Ці епізоди, часто всупереч змісту описаного, автор із незрозумілою послідовністю пов'язує роздумами про відданість, честь, гідність, силу волі, спроможність людини досягати мети. Роман нерівний, наче він навмисне підводить до якихось надто емоційних сцен. Або ж вони здаються такими на фоні нейтральних суміжних. Одні епізоди написані наче в якійсь із латинських країн під впливом вина й сонця: розслаблені, вони течуть плавно й спокійно, інші навпаки – дуже насичені та сумбурні, ніби бурхливий вир подій зненацька захопив автора й сильно вплинув на стилістику його прози.

Наприкінці книжки автор подає низку незначних епізодів, та це несюжетні загальні спостереження, також позбавлені звичних йому моралізаторських висновків, які, знову ж таки, ставлять під сумнів твердження автора, що цей текст варто вважати романом. Зрештою, сама назва добре пасує книжці: автор описав історії, які йому вдалося засвідчити та запам'ятати (напевно, ми позбавлені розв'язок через те, що багато чого автор забув або ж просто не мав змоги побачити).

Ці тексти можна сприймати по-різному. Вони складно написані в плані мови, наче автор навмисно робив підніжки, щоб змусити читача зупинитися й проаналізувати певний уривок. Тексти не читалися – я постійно спотикався на якихось словах. Окремі епізоди, складалося враження, були написані комусь конкретному, наче одному читачу, який мусить там себе впізнати. Зрозумілий з першого погляду зміст здавався засекреченим шифром, чи, щонайменше, викликав підозри вдалої криптографії. Я перечитував розділи в різній послідовності, шукав у творі елементи гіпертексту, переглядав у зворотному напрямку, але так і не розгадав загадку суті твору. Можливо, автор банально провалив первинний задум, бо роман, таки невдалий за своєю структурою, однак демонструє непересічний талант і створює перші враження, яким міг би бути сам автор.

9.3

Я твердо переконаний: спершу людина списує образи з себе, адже складно створити героя, який не є відповідником твого світосприйняття чи протиставлений твоєму моральному складу. Тому можна зробити обережне припущення, що автор текстів має звичку курити, часто вживає алкоголь (так робить переважна більшість його героїв). У нього багато планів, якими він спершу ділиться в емоційному пориві, потім відкладає, згодом – відміняє. Він не любить сон, тобто, не сам процес нічного відпочинку, а потребу спати, яка, на його думку, відбирає час і перериває робочий процес. Він визнає свою гіперактивність. Він – спостерігач, заглиблений у свій світ, що цілком може уживатися з оточенням, та цьому мусять передувати особливі обставини. Якщо простіше, його щось має зацікавити – от тоді він активно включається в епізод і відіграє в ньому головну роль. У ньому багато театральності.

Його герої поспішають до фізичної близькості із переконаннями, що лише любов врятує наш безнадійний світ (так, наче бояться раптової смерті).

– Не варто відкладати те, що й так неминуче станеться, – так герой одного з розділів схиляє свою сором'язливу супутницю до ніжності.

Хоча тут не зовсім зрозуміло, про що йдеться: про ніжність чи смерть, як і немає певності, що буває приємнішим.

Якщо довіряти нашому алгоритму відповідності, мій автор нетерпимий до зовнішніх недосконалостей, але водночас дуже дисциплінований особисто; стійкий та терплячий, схильний до оптимізму, але й дозволяє собі легкі напади меланхолії буття; часто самозаглиблюється, рідко коли з цього виходить щось добре, тож він вірить у визначеність долі.

Це найбільш поширені риси, притаманні більшості героям першого рукопису. Інші були надто розхитаними: герої одного роману, однієї смислової площини, часто собі суперечили. Не акцентую, просто відзначаю, що герої мають певні фізичні вади, які, утім, додають образу свого шарму. Також їхнім професіям притаманний певний романтизм. Отож твердження, написані в текстах, часто були суперечливими, аморальність цілком буденно поєднується з альтруїзмом, автор то закликає до вірної любові, то бездумно падає в тенета несерйозних утіх.

Також кидається в очі різна манера письма: легкі короткі речення, найімовірніше, говорять про хороший період в його житті на момент написання, але вже наступний розділ він наче навмисно ускладнює, максимально насичує текст, використовує слова і звороти, яких цілком можна було б уникнути, наче в той момент в його житті були речі, що їх він не міг відпустити.

Простеживши цей цикл невідповідностей, які, звичайно, не допоможуть ствердно описати психотип чи дати чітке уявлення характеру автора, але дозволять зробити припущення, що письменником є молода особа років тридцяти, яка шукає та намагається себе зрозуміти, а ця сумбурність образів, цілком можливо, є зумисною спробою описати декілька своїх «я», щоб побачити усі збоку і вибрати одне, позбувшись усіх інших. Хоча також припустимий варіант, за яким нам просто потрібно прийняти факт: це одна людина, яка водночас схильна до суперечливих вчинків.

9.4

Мені пощастило прочитати всі його творіння, оскільки вони всі потрапили до рук водночас. Повторно наголошу, що між написаними творами, якщо довіряти датам, зафіксованим у кінці кожного роману, тривала трирічна пауза. Я ж читав твори один за одним, без перерви, яка могла б вивітрити враження від попереднього, тому контрасти між текстами помічалися гостріше.

Цікаво, як минали три роки його мовчання: чи брав він творчу паузу, чи одразу ж брався до роботи над новим текстом, чи робота загалом забирала довгі три роки, чи він із тих авторів, які закриваються від усього і народжують роман за лічені місяці? Відповідей на ці питання я не знав, але, на щастя, мені не довелося перетворюватися на відданого прихильника, який у момент, коли втрачається зв'язок між автором та читачем, – тобто в момент завершення читання книжки, – поринає в марудний процес очікування, уявляючи, як відбувається написання наступної, задумуючись, чи не бракує авторові натхнення, алкоголю, любові, і чи міг би він якось йому допомогти прискорити публікацію нового роману. Також відкрите питання, чи автор усвідомлює цей зв'язок, чи розуміє письменник, що його чекають, наче в гості, де накритий стіл, вистигають страви, а він усе спізнюється? А може, цей зв'язок схожий на зіткнення двох людей, які дивляться одне на одного через скло, скажімо, затишної кав'ярні, але не можуть почути слів.

Другий рукопис, до речі, також супроводжував роз'яснювальний лист. Знову нейтральний, добре продуманий і витриманий, він не згадував про попередній текст, а надавав певну інформаційну довідку з деякими контактними модифікаціями. Незрозуміло, чому автор не спробував іншої стратегії, якщо бачив, що попередня не спрацювала.

Коли порівнювати його романи, то, окрім характерів героїв, про яких ітиметься трохи згодом, насамперед впадають в око практичні зміни, себто зміни локацій, що приводять до єдиного висновку: автор переїхав або ж багато подорожував. До такої думки підштовхують дуже реалістичні, наповнені деталями описи місця подій. Помітно, що його вразила глибока різниця двох локацій. Не впевнений, яка подобалася йому більше (останню він тільки вивчає, тому описує свої рефлексії доволі обережно). Тематичний спектр значно звузився, зникає інфантильне бажання висловити свою думку щодо всіх речей, в яких він більш-менш розбирається. Наприклад, він зовсім не пише про любов, яка була однією з основних сюжетних ліній його перших історій. Можливо, він став вважати близькість лише фізичною основою, тому не хотів цього описувати. Можливо, він навпаки почав ставитися до неї занадто відповідально, тому вирішив приховати від зайвих очей. А можливо, в його особистому житті був складний момент, коли бажана жінка відмовляла йому, не усвідомлюючи, що саме зараз переписує сюжет видатної книги, і він увечері видаляє всі ліричні рядки, що передавали реальні очікування, натомість пишучи: «Засинайте, любі читачі, не буде тут ліричного відступу! Ідіть спати – тут немає нічого цікавого».

Якщо говорити про смислове наповнення, у тексті відсутні будь-які оцінки чи судження. Автор не використовує слів *«люблю»* чи *«подобається»* – є лише опис. Дуже відчувається особистий процес дорослішання: не лише зрілість думок, а, власне, їхня визначеність. Вони частково повторювали деякі з попереднього твору, але витісняли будь-які альтернативні. Певною мірою своїм другим текстом він заперечив усе, що написав у першому, а якщо його перечитував, то цікаво, чи впізнавав там себе, чи визнавав свої слова, чи досі дотримувався чогось із раніше написаного.

Роман, цього разу це твір, який повністю відповідає вимогам жанру, називається «Самітник». Відповідно, у ньому йдеться про чоловіка, який максимально уникає публіки. Чоловіка звати Тьєрі, він проживає в будинку десь серед швейцарських гір, є абсолютною протилежністю героїв перших історій. Він дає декілька уроків німецької на тиждень, бере участь у соціальній програмі адаптації мігрантів – і це чи не єдиний його контакт із зовнішнім світом. Його оточують декілька слуг, які стежать за побутовим комфортом Тьєрі (очевидно, він походить із заможного роду). Жодного разу в романі не порушується тема надходжень героя: він не думає про гроші. Отже, вони в нього є.

Більшість часу Тьєрі проводить у своєму кабінеті, де вивчає філософію, подекуди проводить екскурсію особистою бібліотекою, яку відвідують нечисленні гості, що ними могли стати лише ті, які знали приблизно 70 % її вмісту. Сама бібліотека містилася у двох великих кімнатах, була зроблена з дорогого лакованого дерева, – очевидно, під спеціальне замовлення, – бо всі книги мали визначене місце. Цікаво, що місця на нові не було, наче автор був певен, що прочитав усю вартісну літературу, коли-небудь написану, і не вірив у письменників сучасності.

У Тьєрі цікава манера спілкування: він говорив тихо й при цьому нахилявся ближче до співрозмовника, неначе ділився секретом. Слова при цьому не мали особливого значення, але така техніка схиляла людей до нього: у такий спосіб вони наче ставали ближчими, ділилися чимось винятково своїм. Тьєрі не заводив тісних контактів: більшість стосунків зав'язувалися дуже несподівано, так само й обривалися. Але можливість побувати в гостях у Тьєрі високо цінувалася в суспільстві.

Автор надає своєму героєві рис як зрілого прагматизму, так і творчої романтики, нагороджує його відмінними манерами. «Сіль землі», – такий перифраз використовує автор щодо свого персонажа. Тьєрі також надає вагомого значення часу: «прийшов вчасно; постукав у двері о шостій, як і було домовлено; не змусив на себе чекати», час багато важив для нього. Так само, як і раціональне планування, яке сумлінно відбувається на противагу героям першого тексту. І навіть коли щось йде не за планом, воно все одно здається запланованим.

«Магічна середа» – такий термін вигадав автор для героя. Це той день, коли він відчайдушно віддавався вседозволеності. Звично стабільний і врівноважений Тьєрі, здавалось би, ламав усі заборони, протестував проти усталених норм і відривався, наскільки дозволяла його уява. А вона була багатою. Згодом щось пішло не так – і герой, який завжди контролював себе, передчуваючи, що середа близько, усвідомив, що «магічна середа» може настати, коли він сам того захоче, тому так і обманював себе, повністю кинувшись у розпусту й розгул. Автор не угледів цього моменту, тому роман так і закінчується, і це – єдине порушення режиму у творі.

У цілому роман сповнений внутрішніх рефлексій, соціальних аналізів і припущень. Він описує цікавий побут героя і не містить різноманіття заплутаних сюжетів. Автор виділяє лише три ключові дні, він не описує життя як послідовний процес, навпаки – акцентує на вирішальних моментах, що визначають, яких обертів набере життя опісля. Він згадує ці дні між іншим, як елемент, що поєднує, проте не веде історію – лише розбавляє її.

Першою він згадує посмішку кондукторки, яка впустила його, ще малого хлопчака, до трамваю без квитка. У нього не було грошей, а поїздку він сприймав за атракцію.

– Справа в тому, мем, що мої батьки мають автомобіль, а моя школа близько від дому, що дозволяє мені діставатися туди пішки. Я втомився слухати про захопливі поїздки трамваєм від друзів, тож прошу пропустити мене, – максимально офіційно повідомив Тьєрі.

Часто пригадуючи цю історію, Тьєрі розповідав, що він просто сказав їй правду та посміхнувся. Вона посміхнулася у відповідь та пропустила його. Як він зазначав, ця ситуація вплинула на його подальшу манеру спілкування з людьми.

Епізод другий описує молодого Тьєрі, який готується поступати на економіста (так, пам'ятає, хотіли його батьки). Та дорогою до університету, не сильно туди поспішаючи, в одному затишному провулку чує французьку пісню, яку, скільки не намагався знайти, так ніколи більше й не почув. Він згодом припускав, що, можливо, то була зовсім не французька, але пісня його захопила так сильно, подарувала таку низку красивих асоціацій, що, всупереч батьківському бажанню, про що вони дізнаються тільки за два роки, він подав документи на французьку філологію. Як запевняє Тьєрі, наслідком цього рішення стали інші вагомі події, виникло чимало корисних знайомств, завдяки яким з'єдналося безліч ланцюжків, котрі, зрештою, привели його до сучасного моменту. Він акцентує саме на дні, з якого все почалося.

Також він пригадує одну холодну зиму, яка посилила його любов до книг. Термометр тоді показував мінус тридцять, з океану задував неприємний вітер. Зима застала несподівано: він тоді перебував у якомусь відрядженні, а у виділеному будинку функціонував лише камін. Дров бракувало. Алкоголь не завжди рятував. Тому одного дня він приймає складне рішення – палити книги, щоб зігрітися. Він не подає деталей тієї зими, але описує, як складно йому було обрати черговість спалення, хоча він усвідомлював, що згорить усе. Спостерігаючи, як полум'я знищує папір, він відчував спазми в животі, намагався завчити напам'ять улюблені уривки, перш ніж кинути в багаття. Тому свого часу він створив власну бібліотеку – як паломництво за вчиненим, бажаючи відтворити спалену колекцію, хай і визнавав, що чимало книг варто було б таки спалити.

Усі історії демонструють одне – автор у щось вірить, уміло підлаштовується під обставини, а також припускає, що самостійно сприяє настанню деяких із них. Роман в якомусь сенсі вчить покірності, а ще – спостерігати за обставинами збоку й дозволяти ставатися тому, що було заплановане. Відсутній настрій внутрішньої боротьби, до якого схильні герої першого роману, новий персонаж приймає події, які відбуваються з ним. Чи означає це, що і автор віднайшов в своєму житті якусь ясність, незрозуміло.

Цього разу текст плине плавно й послідовно, як течія річки, що давно проклала свій шлях і не збивається з нього. Роман має дещо несподіване закінчення, але дотримується усіх норм форми, дає читачу відповіді, залишає приємний післясмак.

Помітний серйозний прогрес у стилістиці: текст гармонійний, слова на своїх місцях, немає нічого зайвого. Можливо, автор став більш критичним до себе та чесним до свого письма, а можливо, у нього з'явилися хороші редактори. У якийсь момент я навіть встиг засумніватися, чи тексти написав один автор, однак я був чомусь впевнений, що це він. І він суттєво змінився.

9.5

Браян Ліндман.

Давно треба було назвати це ім'я. Саме так звали автора рукописів.

Інколи, коли мені підігравав добрий настрій, я гуляв переповненими вулицями і зі здивуванням вигукував його невизначеному адресату:

–Браян Ліндман.

Але ніхто не відгукувався. Тому я ніяково вибачався й також губився в натовпі.

Мене справді зацікавив образ автора. На мить мені здавалось, я розібрався в його характері. Нехай поверхово, нехай шляхом припущень та аналізів, але мені було приблизно зрозуміло, яким він був. Тепер мене цікавило питання, ким він був.

Улюблений момент творчості Браяна – створювати персонажів. В одній із приміток він навіть зазначає, що, буває, описує героїв, а потім зустрічає їхні прототипи серед реальних людей. Я переконаний, що найбільше він взяв із себе самого. Але якщо він списував героїв із людей, виникало питання, чи це були люди, які подобалися йому, чи, навпаки, не подобалися? І чи залежно від цього він визначав їхню долю? І чи долями персонажів є його особисті страхи, бажання або нереалізовані ідеї? Його герої були різними, тому який на вигляд він був сам? І ким він міг бути?

Часто після чергового прочитання якогось із творів мені здавалося, що ми сидітимемо з ним у кафе, де обговорюватимемо написане. Наче я довірена особа, яка вичитує його твори, наче у нас домовлена зустріч, а мені обов'язково потрібно з'явитися на неї вчасно.

От тільки я не знав напевне, що саме запропонувати йому випити. Перший текст підказував, що моїм співрозмовником буде молодий хлопчина, котрий надто активно пристрастився до вина. Другий роман схиляв до думки, що я вечерятиму ситним стейком і випиватиму доброго віскі з дорослим зрілим чоловіком, якому вдалося побачити світ.

Він багато знає про кулінарію, його герої часто в деталях описують рецепти своїх страв. Тому за однією із версій він є кухарем або власником ресторану, у нього працьовиті руки, довгі пальці, відгодований живіт, лисина та густі вуса (я так собі уявляю кухарів). Вільний час він присвячує письму, можливо також, що саме робота в ресторані є додатковою, а першість тримає праця над текстами.

Я також би не здивувався, якби він працював на заводі, сортував цвяхи чи складав меблі. А ввечері, повернувшись після важкої зміни, вживаючи міцні настоянки, схилявся б над друкарською машинкою та мріяв більше ніколи не повертатися до робочого станка. Можливо, він шукав себе і запевняв, що напише роман, який усе змінить, і саме це він говорив своїй дівчині, коли вона страждала, коли втомилася від бідності та безнадії, він її втішав і запевняв, що якраз працює над геніальним текстом, а як вона засинала, спускався в нічний бар, де жалівся бармену, що абсолютно не вірить у це, і просив наливати.

Чи страждав він від невизнання, що, мабуть, також було частиною геніальності? Чи визначав для себе часові рамки, чи доручив комусь право розпоряджатися текстами у випадку раптової смерті, а його підвели, і випадковим чином рукописи потрапили до моїх рук?

Я знаю, що він писав дорогими ручками, використовував рідкісний папір, а отже, був доволі заможною людиною. Певна річ, він був щасливим спадкоємцем заможного землевласника і поміж кінних перегонів, званих вечерь та інших богемних розваг йому захотілося погратися в прозаїка. Чи усвідомлював він, що йому це з біса добре вдається?

Його герої могли бути ким завгодно: як репортером, так і кельнером, жокеєм і навіть хірургом. Хоча, можливо, він був лише письменником, але з активним дозвіллям. Можливо, уже відомим письменником, який хотів опублікувати свої ранні твори під вигаданим іменем.

Інколи здавалося, що деякі інтимні моменти писала жінка, бо чоловіча еротика переважно сповнена власницьких завойовницьких настроїв. Його ж уривки описували грайливий страх і збудження, а ще – терпіння і готовність до жертовності. Ця любов, утім, була завжди адресована жінкам (гадаю, автором могла бути бісексуалка, яка експериментує і в ліжку, і на папері, у такий спосіб шукаючи себе, як я шукаю бодай якісь правдиві факти про автора). Тому знову пробую відгадати, чи справді деякий час він жив у Швейцарії, чим можна пояснити його латиноамериканські мотиви, і який стосунок він мав до Сполучених Штатів.

Я уявляв його різним, часто розігрував ці діалоги у своїй уяві, але жоден із них не був достатньо стійким, тож почергово в ній поставали різні персонажі, які, що звично для героїв Браяна, коли ти відвертаєш від них погляд, щоб, наприклад, знайти офіціанта та замовити подвійне віскі, немов вправні ілюзіоністи зникали з-перед очей, залишаючи красиву ілюзію і не менш красиві сумніви.

9.6

Сподіваюсь, ви сприймаєте Родвелла як зрілого і розважливого чоловіка, який не вв'язався би в безнадійну справу. А якщо вам саме так і здалося, то хочу повідомити, що ваші судження дуже передчасні. Як вам відомо, мені не вдалося знайти сліди Браяна за наданими реквізитами, тому не залишалося нічого іншого, як у своїх пошуках звернутися до текстів, намагаючись віднайти там якісь аналогії. Їтиметься зараз про його пізній період творчості, тобто останній, третій роман (щоправда, зараз я не знаю, чи були інші).

Але останній текст Браяна дав мені чимало підказок.

У своєму останньому романі він писав про Сіетл. Писав досить завуальовано – не називав вулиць чи кафе, а просто описував їх. Подекуди прикрашав реальність, здавалось, описував їх так, як би йому хотілося, щоб вони виглядали, для чогось приховував реальний стан речей. Писав обережно, неначе від когось ховався або замітав сліди. Його герої часто губилися в місцевості, – у житті, зрештою, теж, – тому спочатку ці обставини породжували певний сумнів. Але я надто добре знав це місто, тому географія його пересування прослідковувалася доволі чітко. Тут я почав справжній пошук. Сподіваюсь, ви не проти деяких детективних елементів у цій оповіді.

Він очікувано проводив найбільше часу на центральній набережній Сіетла, тож довідатись якусь інформацію було складно (при тому, що я знаходив місця, описані в текстах, але не знаходив людей, які би працювали в згаданих кафе чи книгарнях більше двох років, не кажучи вже про десятиліття). Мені подобалося прогулюватися його маршрутами: я відчував себе ближчим до розгадки. І таки не помилився.

Незрозуміло для чого, мабуть, щоб наповнити текст нейтральним матеріалом, коротким відступом, він описує околиці будинку, який «завжди радо покидає». Далі він обґрунтовує причини й необережно, імовірно, випадково, називає будинок домом, чого згодом не помітить, редагуючи текст. Тому якщо він справді переслідував ідею конспірування, то він її доволі банально провалив.

Браян згадує італійський ресторанчик, публічну бібліотеку, що розташована в п'ятихвилинній прогулянці від дому, описує односімейні дерев'яні та цегляні будиночки-бунгало, що для людини, яка тривалий час живе у Сіетлі, дуже нагадує двадцять четверту авеню району Монтлейк. Доволі атмосферне місце для письменника, мушу сказати.

Я зазирнув до італійського ресторанчика, навіть замовив там американо, навідався в локальний відділ публічної бібліотеки Сіетла, а потім відмірював п'ять хвилин спокійної прогулянки в усіх напрямках. Будинків було багато, але я одразу відкинув усі великі (такі рідко продавалися, здебільшого переходили з покоління в покоління, тим паче, я був впевнений, що Браян вів самотнє життя, тому, найімовірніше, винаймав якесь кондо). Будинків такого типу було близько двадцяти в околицях, що робило шанси на успіх доволі суттєвими.

Я одразу ж розпочав співпрацю з агентами нерухомості, це відкривало двері майже до кожного будинку, рівномірно й до його пам'яті. До того ж добряче зберігало мій час. Мого ріелтора звали Девід, низького зросту сивий чоловік єврейського походження, хитрого погляду як крізь тонкі круглі окуляри, так і на життя, який запевняв, що крутиться в бізнесі майже сорок років, тому знає про будинки все. Той момент, коли ти не хочеш в цьому сумніватися. Я коротко і ненав'язливо описав йому ситуацію: що шукаю кондо, яке використовуватиму як студію, тому апартаменти мають бути невеликими, але атмосферними, що стимулюватиме добрий творчий процес. Мені вірилося, що саме в такій кімнаті мав би жити Браян, хоч він і писав, що «завжди радий був втекти з дому». Про Браяна я теж згадав, назвавши старим другом, який колись жив у цьому районі і з яким я роками не бачився, давно втративши зв'язок. Але Девід не пригадував Браяна.

За наступні два місяці ми переглянули по декілька варіантів майже у кожному з будинків, але так і не знайшли житла, яке б мені пасувало. У Девіда стали виникати питання, але, оскільки я щедро компенсував його час, він так їх і не озвучив. Навпаки – старався пригадати якомога більше інформації про попередніх мешканців оглянутих помешкань, наскільки би важко це не було, враховуючи активні міграції квартирантів житлових приміщень такого типу. Маю надію, він не вигадував їх.

Я врешті таки оселився в одній студії, це була затишна кімнатка із чудовим краєвидом на парк. Це дало мені змогу відвідувати комунальні збори і робити численні спроби подружитися із сусідами, чим я активно й займався під час прогулянок околицями чи посиденьками в місцевих кав'ярнях, роблячи навіть безцеремонні дзвінки у двері з яблучним пирогом у руках і довгим списком запитань. Звісно, мій інтерес охоплював людей старшого віку, які вже встигли втратити пам'ять або ж, налякані параноєю переслідування, вдавали забуття, тому жодного Браяна не пригадували. Хоча моя компанія, очевидно, була їм приємною, тому вони призначали наступні зустрічі, обіцяючи, що «спробують згадати щось про вашого друга» (але так і не пригадували).

Це тривало три роки, протягом яких я вірив і чекав інформації. Часом не дуже вірив, але все одно чекав. Згодом перестав чекати, але продовжував вірити. Я все робив дуже обережно, що не викликало жодних підозр, але й не давало жодних відповідей. У таких випадках справи закривають за неможливістю подальшого провадження слідства, коли спливає час, визначений як достатній, після якого докази вважаються знищеними, втраченими, відсутніми. У моменти, коли мені вдавалося відволіктися від манії пошуку та зробити ковток реальності, я дивився у дзеркало і запитував себе: кого я шукав? І навіщо я його шукав?

9.7

На цей пошук мене надихнув його третій роман. І цей роман переконував, що я мусив бути знайомий із автором. Він не просто мав стати моїм улюбленим письменником, а також і дуже приємним співрозмовником, може, навіть вірним другом.

Браян вперше пише від імені героя, змальовує непросту історію стихійного театру, який ставить гостросоціальні та політичні вистави, що відбуваються у засекречених місцях для особливої публіки. Паралельно розгортає трагічну долю актора театру, котрий, окрім державного переслідування, бореться зі власною загубленістю. Він зобов'язаний переховуватися й маскуватися, часто змінює зачіску, запускає довгу бороду, одягає темні речі, наносить макіяж – усе, аби не попастися й лишатися невпізнаним. Але згодом ці зміни стають надто гострими: зовнішні ознаки нового образу починають впливати на його думки, його не можуть впізнати не лише спецслужбовці, а й колеги-актори, рідні та друзі, навіть дружина – і та не може його впізнати! Навіть коли чує рідний голос, завжди сумнівається, чи це саме він.

Зрештою, постійний страх і непевність роблять своє – герой, що намагається розібратися поміж видуманими образами і вивченими ролями, стараючись бодай трохи зберегти себе самого (хоча яким він тепер є), пробуючи вгамувати свої особистості, повністю втрачає контроль і божеволіє.

У романі немає чіткості та однозначності, його по-різному сприймаєш із кожним новим прочитанням, наче дивишся під різними кутами, наче читати потрібно із використанням спеціальних пристроїв і лише так можна угледіти незримі деталі. Цей текст – наче стереомалюнок, який вимагає повної концентрації погляду, і за умов повного дотримання правил впускає у свою тривимірну реальність. Ніби сам автор у чомусь розібрався, а потім його уявлення зруйнувалися, тож він взявся будувати нові. Тебе не покидає постійне відчуття обірваного речення, коли читаєш книжку, яка цікавить тебе, а потім виявляєш, що наступна сторінка вирвана… і ти не знатимеш продовження. Тебе поїдає інтерес сюжету і те, чому певна людина зберегла саме цю сторінку. У романі Браяна присутня повна нумерація, але враження складається саме таке – бракує декількох сторінок. Або їх самому треба дописати.

Я прочитав три книжки Браяна Ліндмана. Я склав три враження про Браяна Ліндмана. Я не зустрічав жодного, і мене не покидала думка, що це можуть бути три різні люди, три різні автори, бо вони пишуть настільки різні тексти, тому вони просто несвідомо чи, може, жартома обрали один псевдонім. Але коли я знову опановував себе, то, звісно, відмовлявся вірити в таку змову чи збіг обставин, відхиляючи це припущення. Натомість ставив собі питання: якщо це одна людина, яка пише кардинально протилежні речі, працює в такому широкому нагромадженні стилів, тоді постає дилема: чи вона геніальна, чи психічно хвора?

І хіба геніальність не є божевіллям?

Останній роман закінчується риторичною трикрапкою: автор констатує, але не пояснює, бачить, та не коментує. Світ став менше його дивувати, – можливо, навіть засмутив чи розчарував, – як сам він, буває, чинить із власниками чутливих сердець.

9.8

Думаю, варто бути відвертим і пояснити мотивацію дій Родвелла. Оскільки жодної матеріальної вигоди від текстів мені не слід було очікувати, а внутрішні заборони завадили б мені отримати яку-небудь користь, цілком логічно постає питання: чого Родвелл намагався добитися цим пошуком?

Ну от, здається, анонсував певну відвертість і відступати більше нікуди. Хоча, зізнаюся, щойно взяв паузу на роздуми, чи справді я збираюся це зробити? Адже ми зовсім незнайомі, я не бачив вас, і чи справді письменник зобов'язаний до безумовної чесності, і хіба не позбавлений змоги видалити зайві епізоди під час останньої редакції.

Обов'язково зроблю це, якщо не забуду. А поки залишу тут місце для пояснень, яких не напишу...

...ці письменники, аферисти, які граються словами, забуваючи, що для когось вони зберігають значення, а не просто використовуються як мовні конструкції, елементи художньої світобудови.

Чи Родвелла лякало, що він повністю поділяв думки Браяна, або написав би те саме, аргументуючи, що образу героя пасував саме такий світогляд, і у такий спосіб Родвелл хотів приховати або відвернути увагу від себе?

Чи боявся зізнатися, що хотів би бути свідком подій, безпосередньо вести розмову й знати героїв, чи почати з автором довге листування або ж просто підписатися під його словами? Бо проза Браяна чимось схожа на спроби пояснити собі все, що довго муляло й наболіло, спроба витягнути те, що хвилює, з глибини й лишити на поверхні, щоб мати постійну змогу розглядати, пригадувати, дотримуватися. Бо Родвелла, як і Браяна, найбільше хвилюють питання примхливості долі, безкомпромісності часу й незворотності змін, безальтернативності вибору останнього, де ти просто шукаєш засоби, аби хоч якось уповільнити забуття та якомога довше зберегти пам'ять про себе, а емоційні стрибки текстів є нічим іншим як одночасним запереченням і примиренням, адже Родвелл давно визнав, що речі піддаються змінам, тому ніхто не має права вимагати за них пояснень. Ми стаємо іншими, і люди, якими ми стаємо, суттєво відрізняються від попередніх, які піддавалися цим змінам. Браяну це розуміння давалося важче: його романи за певними ознаками навіть нагадують трилогію, де певні думки перших творінь знаходять продовження в наступних, але не мають кінцевої цілісності. Можливо, й він так само ніяк не міг знайти баланс, рівновагу, через що перший роман описує варіанти, яким він міг стати, другий демонструє, яким він хотів стати, третій звітує, що він став ніким?..

121

9.9

Коли мені подзвонив ріелтор, я не хотів дізнаватися правду, бо давно знайшов зручну для себе. Але він уже знав історію – і згодом я її теж дізнався. Це була незнайома йому квартира. Вона була давно викуплена, однак там довго ніхто не мешкав. Вона також не здавалася в оренду, жодної активності. Але, коли її пограбували, то Девіду як маклеру, що працював у тому регіоні, зателефонували запитати, чи володіє він якоюсь інформацією. Він не мав нічого спільного з апартаментами, але одразу згадав про мій пошук друга – так я став свідком у справі людини, котрої ніколи не зустрічав, але яка стала мені найближчою останніми роками.

Це був чоловік. Військовий. Але він ніколи не писав про війну (очевидно, спецпризначенець, і так само очевидно, що загинув на одній з операцій). Імовірно, у нього не було рідні, і тому він ніколи не писав про справжню щиру любов, і тому його ніхто не оплакував.

Браян не залишив після себе нічого, крім текстів. Браян. Його справді звали Браян Ліндман, але це було вигадане ім'я, при народженні його назвали Бруно Лавессі. Він – бразильський мігрант, який перебрався до Сполучених Штатів завдяки військовій програмі, у такий спосіб отримавши американське громадянство. Він ніколи прямо не згадував деталі своєї біографії, хоча в текстах можна віднайти чимало підказок. Найпевніше, він писав про те, чого насправді не відбувалося, і рефлексував над тим, що було йому близьким. У житті, мабуть, часто йшов проти власної волі заради омріяного доброго майбутнього, не певен, чи він вірив у нього, але мусив себе чимось займати, аби не обдумувати це.

Залишилися справді лише три рукописи – усі ті, що дісталися мені. Був ще один. Був. У планах. Я знайшов деякі записи, короткий синопсис, де були розписані формули, сюжет, якісь думки. Він не був реалізованим, залишився тільки нарисом на пожовклому папері, схованим у тумбочці письмового столу.

Це мала би бути історія про чоловіка, якому сняться сни, що розповідають про його майбутнє. Про чоловіка, якого замучили віщі сновидіння. Спочатку вони дозволяють підготуватися до прийдешніх подій, дають шанс їх змінити. І коли вони таки здійснюються, герой, розчаровано розвівши руки, задумується: адже тебе попереджали... Так триває декілька років, а коли він, зрештою, перелаштовує своє життя, коли починає вірити снам і прислухатися до підказок, йому сниться книжка, яка розповідає вже про його минуле. Минуле, яке йому невідоме. Він читає книжку, написану знайомими літерами, мовою, яку він знає. Однак він розуміє лише слова, але ніяк не може осягнути їхній зміст, тому, прокинувшись, усе забуває.

Усе змінюється, коли він зустрічає румунську ворожку, котра обіцяє допомогти зрозуміти текст книги, але попереджає, що знання його минулого загрожує йому божевіллям. Що саме вирішує герой, і чим закінчується історія – невідомо. Браян не встиг продумати завершення.

Можливо, у цьому випадку найкращим рішенням є небуття, вільне падіння, бо важливо перебувати в цей час у цьому місці. Але копання в минулому таке захопливе… нас спалює зсередини бажання з'єднати забуті події, віднайти загублені сліди. Бо хіба існує щось важливіше, аніж знайти відповідь на питання: хто я? Це і мав би робити впродовж усього роману загублений герой, який, як і сам автор, не знає своїх коренів, тому довгими роками панічно намагається віднайти їх…

10.1

Я випадково потрапив у цей район. Я не йшов туди цілеспрямовано – ноги самі мене привели. Він був добре мені знайомий. Мені довелося жити там під час навчання. Пригадується зупинка, де трамвай проходив кожні сім хвилин, і в нього намагалося пробратися значно більше охочих, ніж він міг умістити. Кав'ярня, де каву можна взяти лише з собою, тому я нечасто її відвідував, адже мені подобалося пити каву без поспіху. Там також був телефонний апарат і пошта, що дарували альтернативність засобів зв'язку (аби лиш було з ким його підтримувати). Невеличкий парк для прогулянок і вулиця, яка мала чотири назви, – вочевидь, колись їх вирішили не змінювати, а зберегти усі, – можливо, для зручності користування представників різних поколінь. Популярне місцеве кафе, де суботніми ранками в довгих чергах стояли відвідувачі, напередодні відпрацювавши довгий тиждень у дві зміни за можливість відчути себе людьми та з'їсти панкейки з сиропом або скрембл із добре просмаженим беконом, приязно запрошувало приємними запахами зсередини. Я добре пам'ятаю цей район, проте не буду його називати. Надам вам шанс вгадати місце, яке я описую.

І от я знову опинився тут. Вийшов із трамваю, звично для себе роззирнувся перш ніж перетнути дорогу. Я обов'язково робив це, хоча і довіряв зеленому забарвленню світлофора. Зайшов до кафе, яке любив, обрав свою традиційну каву і, старанно розмішавши цукор, щоб він добре розчинився в напої, повільно ковтав і переглядав газети. Усе, як у старі добрі часи. Мій день сьогодні проходив, як безліч інших, хоча газети завжди писали різні новини, а часи не завжди були добрими. І це все відбувалося в моїй уяві. Але я почувався добре. А ще – надворі була осінь.

10.2

Я особливо люблю осінь. Її перші справжні дні, коли прохолода дарує відчуття тремтливого затишку. Тоді був саме такий день, але все інше відбувалося лише в моїй голові, у моїй пам'яті. Я сидів на лавці в парку й пригадував, якими були мої дні багато років тому. Бо в реальності на тому місці постали високі офісні споруди. Навколо них бігали дрібні фінансові клерки. Тепер там були хороші, але інші заклади. Каву брали лише з собою. Часи знову були складними і новини читалися зі смартфонів, а не з газет, хоча також зовсім не тішили. Було значно більше шуму, стало набагато більше машин, подекуди, опустивши погляд, гуляли самотні люди, або ті, які хотіли з самотністю покінчити. Шансів у них було небагато. Мало хто чомусь надавав значення. А я просто намагався віднайти бодай дещицю почуттів минулого, хотів знову стати тим азартним безтурботним Родвеллом, загубитися в музиці джазу, вхопити із собою молодицю і, обіцяючи їй радість, палко цілувати губи. Згадати часи...

Але згадувати – це єдине, що мені залишалося, як і розуміти, що все змінюється й дарує нові сприйняття, а ти або приймаєш їх, або залишаєш такими, як тоді, коли тобі було добре. І я залишав їх. Піднімався з лавки та йшов геть, а мені у спину щось кричали сирени пожежних машин, які також кудись поспішали, хоча не знали напевне, чи зможуть приїхати вчасно.

10.3

Пригадую, літніми днями на фасаді мого житлового комплексу включали маленькі фонтани. Усередині одного було вмонтовано пристрій, з якого лунала музика, а також горіли різнокольорові лампочки. Тому він був дуже популярний серед дітей. Неодноразово мені доводилося чути фразу з вулиці:

– Йдемо на фонтан.

Але щоразу, коли я чув слово «фонтан», мені пригадувався інший – той, що втілював мою асоціацію з цим словом. Це був Міжнародний Фонтан Сієтла – моє улюблене місце. Цікаво, як загальні іменники викликають у кожного індивідуальні асоціації.

Коли одного разу я прогулювався й почув розмову двох жінок, одна з яких розповідала про «неймовірний вікенд у сонячному Парижі», то я згадував похмуре дощове місто, його меланхолію, те місто, яким воно запам'яталося мені під час кількох проведених там днів. І мене вразило, як наші спогади, наші враження можуть суттєво відрізнятися від вражень інших людей, і чи не так само змінюємося ми, а наші версії, розтягнуті в часі та різних досвідах, стають абсолютними протилежностями.

Коли зустрічаєш когось із минулого, і вони, поборовши першу незручність зустрічі, нарешті видають очікувану фразу:

– А пам'ятаєш?.. – при цьому довго описують якийсь давно забутий епізод, а ти лише мовчки хитаєш головою, щоб у такому ж емоційному пориві не відповісти:

– Ні, я довго намагався це забути...

Так я зустрів Джессіку, зайшовши до якогось ресторану перекусити. Вона впізнала мене, хоча мені на це знадобилося більше часу. Але поки я пригадував, вона вже розповідала, як колись ми обоє влаштовувалися до французького кафе офіціантами, і як мені це не вдалося, бо я протримався лише два дні, розбивши чимало посуду. Вона розповідала про це з божевільним ентузіазмом, активно жестикулюючи та сміючись.

– Як ти тепер? – запитала Джессіка, ця життєрадісна оптимістична жінка, яка носила коротку зачіску та одяг, на розмір менший; жінка, яка мала лише один спогад про мене; жінка, для якої я був Родвеллом, який розбиває посуд у французькому кафе.

Вона мене бачила таким – я для неї таким і залишився. Розказала б вона про цей епізод моїм бізнес-партнерам, або моїм студентам, або жінкам, яких я любив, вони б перепитали:

– Ви точно говорите про цього Родвелла?

Це була б розмова про різних людей. Бо ми можемо бути різними в уяві інших людей, а потім, залежно від їхніх рефлексій, втрачаємо власну ідентичність. Кожна людина сприймає нас у розрізі особистого спілкування, тому ми буваємо іншими, але це лише моделі поведінки – зовсім не персоналії. Різні здогадки, чутки, плітки, факти формують певний образ. Але не можна знати про людину все, що хотілося б, і важко довіряти тому, доказів чого особисто не отримано. Як наслідок, ці враження бувають здебільшого хибними. Як правило, частіше вони пам'ятають тебе такою людиною, якої більше немає.

Я сам інколи намагався розібратися в цьому. Бувало, переглядав сторінки свого записника. Зараз вони всі у цифровому вигляді, але в мене зберігався ще старий довідник, де були записані якісь номери телефонів, поштові адреси. Це був той період, упродовж якого в моєму житті з'являлися активні потоки людей. Якусь частину я не пригадував, деяких пам'ятав надто добре, тому не став би телефонувати. Незрозуміло, чого я хотів цим досягти. Можливо, зустріти людей, щоб вони розповіли мені, яким я колись був. Можливо, вибачитися за якісь вчинки, що довго тривожили сумління. Можливо, сказати слова, котрі колись залишились несказаними. На одній зі сторінок було записано номер Лори. Я пригадав це знайомство: ми летіли разом у літаку до Сан-Франциско. Це була романтична історія. Ми домовились зустрітися по поверненню до Сіетла. Але я був тоді одруженим, тому так і не зателефонував. Що би я їй тоді сказав? Чи що би міг сказати їй тепер? Запитати, що мене найбільше цікавить, яке перше враження я справляв на людей, або повідомити, що мені треба було двадцять п'ять років, щоб наважитися подзвонити?

Інколи блукання в густих нетрях пам'яті є геть непотрібним. Тому я, звісно, не зателефонував. Ця історія завершилася лише текстом. А тексти тільки підтверджують якісь твої діяння чи їхню відсутність, тому ще більше все заплутують і доводять до божевілля.

Урешті-решт, я закрив записник і відклав його, намагаючись усе забути.

10.4

Колись, пам'ятаю, мене запрошували на виставку скульптора. Його звали Майкл Шелдон, він був моїм товаришем і понад усе не любив такі зустрічі.

– Люди творчості, істинні люди творчості віддаються поклику мистецтва, а не власного его, і не потребують почестей. Інших я не розумію, – вважав він.

Його дивувало, як псевдомитці можуть роками створювати якусь замовну фігню для того, щоб їхнє ім'я засвітилось на афіші, їх поплескали по плечі, дали якусь премію і назавтра забули їхнє ім'я.

– Справжнє свято лицемірства, – говорив Майкл.

Але насправді рано чи пізно ми всі хочемо забути власні імена.

11.1

Родвелл Вільямс. Ім'я, яке мені ніколи не вдасться забути, яке впродовж багатьох років мене переслідує та змушує протікати тілом струм при кожній згадці.

Родвелл Вільямс. Чоловік, який зробив кар'єру, втратив сім'ю, загубив себе і знайшов розгадку життя, який записав чимало епізодів, ще більше забув, який здобув надлишок часу, після чого став перевтілюватися у форму, найбільш схожу до сучасної.

Він розглядає шрам на лівій руці й повертається в момент, коли вперше стоїть на лижах, але, недосвідчений, робить невдалий маневр, після чого розрізає руку об гілки дерев. Йому інколи болить спина, що є наслідком невеликої автомобільної аварії, після якої він пролежав якийсь час у лікарні й надовго отримав періодичний біль. Він любить одягати старе пальто, яке служить йому ось уже двадцять років. Колись це було вихідним вбранням – тепер він рідко коли з ним розлучається. Найчастіше згадує випадок, коли вони з Джуді ховалися під ним у парку від дощу.

Він вкотре роздивляється сиве волосся, неохайну бороду, вдивляється собі в очі – тоді й минуле краще згадується. Він пригадує визначні дати, бо ті вкоренилися разом із важливими подіями. Пам'ятає родинні зібрання, де називали чиїсь незнайомі імена, які він мав би знати. Деякі спогади самі зникають із плином часу, інші зберігаються у найменших деталях: важливі діалоги, люди, що були поруч, сама атмосфера дня.

Ти самовільно збираєш ці епізоди, дбайливо прокручуєш в голові, неначе підбиваєш підсумки. Часто допомагають зовнішні збудники, якісь речі, що збереглися, інколи турбують сни, які теж протікають шпаринами пам'яті й підтверджують сліди присутності.

Звичайно, тексти, що повертали в моменти минулого, підтверджували дійсність подій, що частково були елементами творчості, а ще добрим засобом збереження пам'яті. Нематеріальною спадщиною, відвертим заповітом, артефактом вічного життя, зайвим компроматом чи навпаки — доказом невинності, доказом існування, невинності існування.

Здається, я пам'ятаю забагато...
У мене дуже хороша пам'ять. Я нею не задоволений.

11.2

Тут би ще пасував окремий розділ, де б розповідалося про варіанти життя, які так і не здійснилися, про те, чого Родвелл так і не зробив. Ми інколи ставимо під сумнів, чи деякі речі справді мали місце, хоча знаємо напевно, чого точно не сталося, тому шкодуємо про це. Але, зрештою, що він змінює, як може вплинути на хід історії, кому він потрібен?..

Деякі епізоди настільки віддалені від дійсності, що сам починаєш у них сумніватися, при цьому ствердно переконаний, що вони були присутні у твоєму життєписі. Ми забуваємо їх, керуючись вибірковістю пам'яті, або не впізнаємо себе, не знаходимо цього в собі, не віримо, чи були здатні на певні діяння, заперечуємо свою причетність до певних подій, відмовляємося від відповідальності за якісь учинки.

Це може нас мучити довго, коли єдиним рішенням, котре полегшить наші страждання, є примирення. Потрібно пригадати, признати, прийняти те, що сталося, і сталося саме з нами, просто більше не має до нас стосунку. Адже розпадаються великі країни, угоди втрачають чинність, люди зрікаються клятв – тоді чого варте бажання маленької людини забути якийсь епізод із минулого, чи навпаки – переконати себе, що попереду чекає те, що поки не здійснилося, те, що постійно відкладав, але насправді жадав найбільше?

Далі на мене чекали продаж будинку й психіатрична лікарня. Але ви вже про це знаєте.

12.1

У моїй голові чимало життєвих сценаріїв: вони десь вичитані, підглянуті чи уявлені, більшість, звичайно, прожиті. Якісь із них спонукають до дій, думки про інші я намагаюсь відігнати, але так чи інакше вони мимовільно впливають на життя. Навіть коли хочеться вдати, що тебе ніколи не було в цьому місті, і навіть забути, що був із кимось знайомим, навіть коли серйозні речі нарешті сприймаються просто.

І от коли зібрав усі близькі речі і відкинув зайвий баласт, коли рани загоїлися і зав'язалися вузли, ти, нарешті, робиш останні нариси та бачиш все як довершене полотно художника, бачиш фінальну картину свого життя й запитуєш себе: «Родвелл, який рекомендує книги; Родвелл, який викладає курси креативного письма; Родвелл, який загруз у нетрях тютюнового бізнесу; Родвелл, який кинувся в незрозумілі пошуки, або той хворий дідусь, який не знає, чим ще себе зайняти. Який із цих Родвеллів справжній?.. Коли ми стаємо фінальною версією? І хіба кожна з наших версій не є довершеною в сучасному моменті?..»

…Бо навіть коли здається, що тимчасовість не варта зусиль, що безнадійно губиться на тлі вічності, а ми приречені на неминуче забуття, я вірю в силу пам'яті, тому кожну історію можу знову і знову проживати у своїх думках.

12.2

Я можу згадати Родвелла різних періодів. Можу детально описати зовнішні зміни, справи, яким він тоді приділяв час, думки, які найбільше докучали. Можу згадати про нього чимало історій, розповісти їх із найменшими подробицями, а в голові водночас відганяти думку: хто ці люди, про яких ти розповідаєш? Чому ти пам'ятаєш їх? Коли востаннє бачив? Де вони тепер?

І правда в тому, що ти не втратив їх і не забув, вони просто вичерпали себе у цьому тілі. Прожили невелике життя й пішли, хоч і залишили за собою чимало слідів. Тепер є новий Родвелл – той, який найбільше мною керує, той, яким я зараз здаюся для інших. Я назвав його Род, і мені теж цікаво пожити його життям. Якщо йому хочеться покористуватися моїм тілом – будь ласка.

00.00

Кажуть, що наше ім'я часто визначає аспекти нашого життя. Якщо довіряти такій думці, то мене звати Roadwell, що означає – «хороший шлях».

Але чи був шлях Родвелла хорошим? Чи вважає його таким цей старий чоловік, що зараз розважливо розглядає карту, чоловік із сивиною та зморшками, який зберіг мужність тіла і всередині залишився тим самим молодим Родвеллом, спраглим до знань і пізнання світу, хоча хода його значно повільніша?

Колись Родвелл стверджував, що ми не можемо притупити свою природу, тому не мусимо підлаштовуватися під якісь обставини, маємо самостійно визначати напрямок. У своєму записнику він часто записував одне бажання – сісти на мотоцикл і поїхати в подорож. Коли, якщо не зараз?

Кажуть, що останній раз значно цінніший за перший. Це дуже натхненне й моторошне розуміння. Розуміння, що у тебе немає наступних спроб, інших шансів, тому ти дбайливо використовуєш можливість, надаєш їй більшого значення. Щось схоже відчуває спортсмен перед вирішальним ударом чи фотограф, який використовує плівку. Та як має почуватися людина, котра усвідомлює, що переживає улюблені моменти життя востаннє?..

Родвелл старанно протре пил із мотоцикла, упевнено набиратиме швидкість і дозволить собі гучні безцільні вигуки, досягнувши піку. Слухатиме в дорозі вітер, вдихатиме запах бензину на заправці, замовить улюблений гамбургер із подвійним сиром та густо полле його кетчупом. Увечері зупиниться в якомусь з місцевих барів, випиватиме ром з колою, але не дозволить собі зайвого. Якщо пощастить, за стійкою познайомиться з красивою жінкою, востаннє даруватиме їй свою любов. Спатиме в незнайомому місці, пізнаватиме незвідані шляхи. Востаннє купить лотерейний квиток і все програє, востаннє перечитає улюблений уривок книжки на березі океану, який відвідає востаннє… Востаннє… А може, якщо все пройде добре, повторити ще не раз?

Чорт. Невже це все? Невже все йде до кінця? І варто, мабуть, поспішити, щоб не займати чиєсь місце, – місце тих, які стукають у вхідні двері. Не люблю затримуватися. Але ж апетитний смак сендвіча, і томатний соус, і терпкий напій у руці…

Уже важко, але впевнено Род прямує до готелю… Найпевніше, він менше раціоналізуватиме, адже дорога очищає думки. Більш ніж впевнений, що він не вестиме цих записів. План подорожі складено – тож Род чекає світанку, щоб вирушити в мандрівку. І поки він вимикає світло в передчутті неспокійного сну, думаю, мені також варто ставити крапку й прощатися.

Львів, Україна.
Лютий – Червень, 2018

*Я не маю нічого спільного з людиною,
яка написала цю книжку.*

Іван Байдак

Автор висловлює подяку в підготовці цього видання Олені Астапчук, Мар'яні Байдак, Ользі Бачишиній, Юрію Матевощуку.

Літературно-художнє видання

Серія «Художня література»

БАЙДАК Іван

Чоловік з моїм іменем

Повість

Головний редактор *О. С. Кандиба*
Редактор *Н. М. Шевченко*
Технічний редактор *Д. В. Заболотських*
Дизайнери і верстальники *Д. В. Заболотських, В. О. Верхолаз*

Підписано до друку 24.01.2019.
Формат 84х108/32. Ум. друк. арк. 7,56.
Наклад 4100 прим. Зам. № 334/01.

Термін придатності необмежений

ТОВ «Видавництво "Віват"»,
61037, Україна,
м. Харків, вул. Гомоненка, 10.
Свідоцтво ДК 4601 від 20.08.2013.
**Видавництво «Віват»
входить до складу ГК «Фактор».**

Придбати книжки за видавничими цінами
та подивитися детальну інформацію
про інші видання можна на сайті
www.vivat-book.com.ua
тел.: +38 (057) 717-52-17,
+38 (073) 344-55-11,
+38 (067) 344-55-11,
+38 (050) 344-55-11,
e-mail: ishop@vivat.factor.ua

Щодо гуртових постачань
і співробітництва звертатися:
тел.: +38 (057) 714-93-58,
e-mail: info@vivat.factor.ua

Адреса фірмової книгарні
видавництва «Віват»:
м. Харків, вул. Квітки-Основ'яненка, 2,
«Книгарня Vivat»,
тел.: +38 (057) 341-61-90,
e-mail: bookstorevivat@gmail.com

Видавництво «Віват» у соціальних мережах:
facebook.com/vivat.book.com.ua
instagram.com/vivat_publishing

UNISOFT

Надруковано у ПП «Юнісофт»
61036, м. Харків, вул. Морозова, 13б
www.unisoft.ua
Свідоцтво ДК № 5747 від 06.11.2017 р.

ТІНІ НАШИХ ПОБАЧЕНЬ

Іван Байдак

Сторінок: 224
Формат: 84х108/32
Розмір: 127х197
Палітурка: тверда
Мова: українська

«Тіні наших побачень» Івана Байдака – це спроба розібратися в психології людських стосунків і окреслити правила життя. Намагання усвідомити життєві уроки й віднайти гармонію. На прикладі вигаданих сюжетів і особистих спостережень автор пропонує читачеві зануритися у світ закритих і незакритих гештальтів та дійти власних висновків.